李立，环球旅行家，当代行吟诗人，环中国大陆边境线自驾行吟第一人，足迹遍及除南极洲之外的世界六大洲70多个国家。作品见于《诗刊》《人民文学》《花城》等100多种报刊，获博鳌国际诗歌奖、杨万里诗歌奖和悉尼国际诗歌奖等奖项。主编《中国行吟诗歌精选》年度选本和《中国行吟诗人文库》诗丛。出版诗集、散文随笔集和报告文学集共7部、英文诗集1部。

中国行吟诗人文库 第二辑　李立　主编

时光背脊线

李立　著

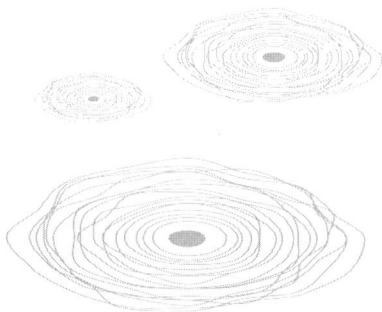

黄河出版传媒集团
阳光出版社

图书在版编目（CIP）数据

时光背脊线 / 李立著. -- 银川：阳光出版社，
2025.4. -- (中国行吟诗人文库 / 李立主编).
ISBN 978-7-5525-7779-2

Ⅰ. I227

中国国家版本馆CIP数据核字第2025RK4684号

中国行吟诗人文库　第二辑　　　　　　　李　立　主编

时光背脊线
SHIGUANG BEIJIXIAN

李　立　著

责任编辑　赵维娟
封面设计　鸿儒文轩·未末美书
责任印制　岳建宁

出版发行　阳光出版社
地　　址　宁夏银川市北京东路139号出版大厦（750001）
网　　址　http://www.ygchbs.com
网上书店　http://shop129132959.taobao.com
电子信箱　yangguangchubanshe@163.com
邮购电话　0951-5047283
经　　销　全国新华书店
印刷装订　三河市华东印刷有限公司
印刷委托书号　（宁）2500226

开　　本　787 mm×1092 mm 1/32
印　　张　7.5
字　　数　130千字
版　　次　2025年4月第1版
印　　次　2025年4月第1次印刷
书　　号　ISBN 978-7-5525-7779-2
定　　价　58.00元

总序

行吟者，灵魂像风一样自由

李立

空气看不见摸不着，上天入地，间隙不留，无处不在，随时生风。大千世界，朗朗乾坤，诗意无所不至，如风般潜隐、默化、繁衍、缤纷、飘逸、激扬。边行边吟，行吟诗歌如雨后春笋，蓬勃兴起。当代行吟诗歌已呈方兴未艾、风生水起之势。

尺寸方圆，风起云涌，绵绵无穷。思想可抵达之地，便是诗情的肥沃土壤，行吟诗歌的种子就能生根、萌芽、开花、结果。

行吟诗歌，自古有之，古今中外许多伟大的诗人，留下不胜枚举的不朽之作。

"飞流直下三千尺，疑是银河落九天。"诗仙李白临风对月，纵横山水，笑傲江湖，托举金樽，嬉笑怒骂，出口成章，行吟天下。

"朱门酒肉臭，路有冻死骨。"诗圣杜甫悲天悯人，路见凄怆，有感而发，笔触凝重，抨击时政，揭露黑暗。

"众里寻他千百度。蓦然回首，那人却在，灯火阑珊处。"一生以恢复中原为志的南宋名将辛弃疾仿佛在描绘爱情，又好像在抒发心中的压抑。他行吟于塞上边关，出入于金戈铁马，奔波于长城内外，倾诉壮志难酬的悲愤。

行吟诗歌可分抒情诗、叙事诗、咏物诗、爱情诗等。但行吟诗歌没有泾渭分明的派别之争，没有壁垒矗立的门第之别，四海之内的诵吟唱颂皆为行吟诗歌。行吟诗歌讲究清新脱俗、自然天成，拒绝闭门造车、忸怩作态、故步自封。马嘶狼嚎、鸟唱虫鸣、飞瀑激流等大自然发出的天籁之音，行吟诗人都乐意洗耳恭听，并欣然与之唱和。

风喜于拈花惹草，擅于推波助澜，忠于神采飞扬，形于来无影去无踪。从不作茧自缚，从不循规蹈矩，从不因循守旧，从不裹足不前。它弹拨漫山红叶，它吹奏江湖涟漪，它令蝴蝶翩跹起舞，它让雪花深情款款，它能使春光风情万种，它亦能使黄沙骚动不安，在风面前，万物皆难以克制和矜持，不会无动于衷。

行吟诗歌歌颂大自然，表达真善美，挞伐假恶丑，颂扬清风正气，赞美清平世界。行吟诗歌不是游山玩水的遣兴，不是游手好闲的造作，不是江山如画的拼图，不是沽名钓誉的无病呻吟。

行吟诗歌能走进峻岭悬崖的皱褶内核，能与江河湖海促膝谈心，能与大漠戈壁共枕日月，能与孤花独草形成心灵共振，能以一颗怜悯之心去撞击世俗的铜墙铁壁，能赋予落寞古刹崭新的生命力。行吟诗歌最先抵达的目的地，是行吟者的内心深处。

脚步触摸不了的远方，只要思想和诗意锲而不舍，行吟诗歌就永远没有终点站。

想走就走，沐风浴日，披星戴月，挥毫落纸。山川河流，都市街巷，名胜古刹，危峰峭壁，荒郊野外，田间地头，只要你悉心观察，用心灵的颤音去追寻缪斯，那么，你就会诀别于寂寥和空虚，收获大自然慷慨的馈赠。行吟诗歌如风一样无处不在，但更加持重、洒脱、灵动、端庄、丰满、秀丽、辽阔，更讲究内涵、韵律、节奏和风情，看得透理得清，来无影去有踪。

大自然是行吟诗歌的温床。行而吟之，诗如其人。

大鹏借助风升空，诗人驾驭意境升华。

行吟者，目光如炬，声似洪钟，思如泉涌，行走在蓝色星球上，灵魂像风一样自由。笔随心动，诗意生风。诗情蓬勃，无所不及。

2023 年 11 月 1 日于新疆塔城

目录 *contents*

第一辑　用一种慢，锁定浸透纸背的时间

002 … 红色角砾岩

003 … 锁翠桥

004 … 香槟

005 … 蝴蝶泉

006 … 戈壁

007 … 海盗主题餐厅

008 … 清晨，在深圳河邂逅一对夫妻

010 … 五花石

011 … 羌塘

012 … 与父书

014 … 与母书

016 … 罪己书

018 … 与妻书

020 … 与儿书

022 … 亲人

024 … 泸沽湖

025 … 云南石林

026 … 外婆

028 … 父亲走了

029 … 4月4日18时，父亲的目光

030 … 最后一刻，父亲还是我的榜样

031 … 在好望角给诗人刘起伦寄一张明信片

033 … 日内瓦湖的白天鹅

035 … 石河子

036 … 日本动漫

037 … 我感谢我自己

038 … 街景

039 … 盆栽

040 … 垂钓者

041 … 老屋

043 … 真爱

044 … 此生

第二辑　多余之物，是我所不能承受的

046 … 新年第一餐

047 … 至少

049 … 旧疾

050 … 多余之物，是我所不能承受的

051 … 千手观音

052 … 风中有朵雨做的云

053 … 春天没有秘密

054 … 生活

055 … 病人

056 … 命运

057 … 鸟窝

058 … 巴掌

059 … 翅膀

060 … 流水

061 … 大雨将至

062 … 杨桃树

064 … 沙丘

065 … 后事

066 … 我相信……

067 … 咖啡

068 … 火塘

069 … 月牙泉

070 … 卖火柴的小女孩

072 … 在奥斯陆维格兰人体雕塑公园

074 … 下南洋

075 … 城市蚂蚁

077 … 被实名举报者

第三辑　黄河上的羊皮筏子

080 … 在腾冲

081 … 珠穆朗玛

082 … 早晨的尼洋河

083 … 金色的呼伦贝尔大草原

084 … 长白山

085 … 夜宿澜沧江边

086 … 好想抱抱那棵椰子树

088 … 丽江谣

089 … 玉龙雪山

090 … 在霍城薰衣草之乡

092 … 罗布人

094 … 塔克拉玛干沙漠里的一棵胡杨

096 … 楼兰

098 … 坎儿井

100 … 天山雪岭云杉

102 … 遗忘不了结巴村

104 … 大昭寺门前的青石板

106 … 雪豹

108 … 巴拉村

109 … 松贝

111 … 冈底斯山

113 … 蛇口渔人码头

115 … 芒康千年盐井

116 … 过业拉山七十七道拐

117 … 中午的尼洋河

118 … 过界山达坂

119 … 丹顶鹤

120 … 谒杨万里故居

122 … 有个叫大角卜的村

124 … 在银川黄沙古渡

126 … 冈仁波齐

127 … 塔克拉玛干沙漠

128 … 高黎贡山

129 … 玉门关

130 … 吐鲁番的葡萄还没有熟

132 … 蓬莱阁

133 … 鸭绿江上的断桥

134 … 黄河上的羊皮筏子

135 … 额尔古纳河

137 … 岳麓书院

139 … 古格王朝遗址

140 … 界山达坂

141 … 黄河第一湾

142 … 阳关

143 … 山海关

144 ⋯ 沱沱河

145 ⋯ 乌鲁木齐的第一场雪

146 ⋯ 敦煌，2023 年 10 月 22 日下午 4 点

147 ⋯ 若羌

148 ⋯ 莎车

第四辑　拉斯维加斯户外音乐喷泉

150 ⋯ 古罗马斗兽场

152 ⋯ 伦敦的落日

154 ⋯ 柏林墙倒了

156 ⋯ 巴黎圣母院

158 ⋯ 凡·高自画像

160 ⋯ 在悉尼湾

162 ⋯ 拉斯维加斯户外音乐喷泉

164 ⋯ 水牛城记事

166 ⋯ 在西西里邂逅黑手党

168 ⋯ 在维也纳

170 ⋯ 死海

172 ⋯ 加尔各答的慢

174 ··· 在特蕾莎之家，我原谅了加尔各答

176 ··· 给一个印度小孩

177 ··· 在泰姬陵，我拒绝赞美爱情

179 ··· 老德里街头的一棵菩提树

180 ··· 贝加尔湖

181 ··· 跟袋鼠说一声拜拜

182 ··· "第比利斯"是用来泡的

183 ··· 桉树

184 ··· 考拉

185 ··· 饭店赌场

186 ··· 特鲁·加尼尼

188 ··· 惠灵顿山

189 ··· 亚瑟港监狱遗址

190 ··· 塔斯马尼亚

192 ··· 寒冬七月

194 ··· 诺贝尔故居

196 ··· 旧金山

198 ··· 纽约联合国大厦门口"挽起枪管"雕塑

200 ··· 比弗利山庄

201 ··· 好莱坞

203　…　纽约书

205　…　约翰内斯堡撬开了我的锁

207　…　鱼尾狮

208　…　日内瓦联合国广场断腿的椅子

210　…　在太阳城

212　…　尼罗河

214　…　后记　打开自家屋檐下的那盏灯

第一辑

用一种慢，锁定浸透纸背的时间

红色角砾岩

我的坚贞，经受过火把节的火，无数次的考验
我的专注，任凭风雨一再侵蚀，始终不为所动

我的生命，因四方街而铮亮
她的楼阁、古桥、长街、清流、蓝天，是我坚守的

誓词。我的执着辽阔，无际、星星可以做证
爱她的沉默，是我一生一世的幸福。我的守望

哪怕遥遥无期，哪怕被时光漠视，被岁月遗忘
我固执的爱，哪怕被所有的人，踩在脚下

锁翠桥

桥面上被千万人踩踏过的五花石板，就像是
千万人的爱，留下过数不清的岁月的划痕
亲爱的，我们能否承受住彼此之间那么多的无心的伤害？

曾经美轮美奂的飞檐翘角，已褪去昔日艳丽的色彩
仿佛激情澎湃的山盟海誓，已失去感人肺腑的热度
亲爱的，容颜易老，你在我怀里的感觉，我依旧像是触电

今天不是七月初七，这里也不是鹊桥
亲爱的，我们相约手牵手走过百年锁翠桥，我知道
你是想告诉我，只要相依相拥，即便是木头，也能抵御
百年风雨

香槟

并不是随便一种容器，都与你般配

并不是任何时候，你都容光焕发

只有透明的高脚杯，才能衬托出你的优雅

只有柔和的灯光，才能唤醒你的高贵

只有倾情所爱，才能关键时刻总能把你捧在手心

在所有的人面前，把你高高举起

满脸绽开灿烂的笑容，生怕怠慢了心中所爱

每一次与你亲吻，不论温柔抑或豪放

都禁不住双目微闭，任光阴雕琢美妙时刻

由你左右的日子，愉悦而且兴奋

我愿意一辈子被你的体香笼罩，爱你

生活绚丽，我愿意把你含于嘴里，咽入肺腑

蝴蝶泉

亲爱的，我日夜兼程，紧赶慢赶
还是来迟了，我在风风火火的年龄，迷路
我的青春，在七月的三岔路口，走丢了

我的春天，仿佛还倒挂在古老的合欢树上
她们钩足连须，首尾相衔，娇艳胜于众仙女下凡
她们隔着一池春水，只等来苍山的料峭春寒

一串串银色水泡，汩汩而出，泛起片片水花
亲爱的，这余音绕梁的情歌，令我心碎
我发誓，在来生的四月，我将守望于一眼清泉边
张开翅膀，等灿如星辰的爱人，翩跹而至

戈壁

直面阳光炙烤，我选择沉默

是因为再炽烈的太阳，总有落下的时候

当洪水咆哮而来，我选择沉默

是因为能被席卷而去的，只是一些尘土和碎屑

面对红柳和骆驼刺的步步为营

我选择沉默，是因为顽强的开拓者

都是值得尊重的对手。敢于毫不掩饰自己的荒芜

任凭呼啸的风冷笑，我选择沉默

是源于内心的蕴藏，无比的丰满和自信

横亘在大地上，自始至终

在沉默中，我学会了忍耐和等待

我贫瘠而辽阔的心，只留给一朵无名的小野花

去绽放一生

海盗主题餐厅

我对打劫眼球的木质桅杆，绊脚的铁锚
头顶虚晃的救生圈，以及整面墙壁的各式酒水
一概视若无睹，摆在面前五成熟的牛排
还渗着血水，切下一小块塞进嘴里吃力地咽下去
我睁开眼，撞上了一张美丽而灿烂的笑脸

她是不是海盗的女儿？来向我勒索窘态
我的赤诚和坦然全写在脸上，卵石上的三文鱼
发出吱吱的声响，面对炙热的拥抱
所有事物都会失去抵抗，来一杯冬天的冰水吧
降一降体温，灯光必定是有意而为的昏暗

她一定是海盗的女儿，自见到她的那一刻起
我的矜持、虚荣、梦想和才华，便被她洗劫一空

清晨，在深圳河邂逅一对夫妻

太阳还没睁开眼
深圳河打着哈欠

唤醒河水的
是一对早起捕鱼的黑脸夫妻
它们洁白的翅膀轻轻抚摸着水面
脖子像推着犁铧在水中耕耘
动作整齐，步履轻盈优雅
仿佛在演绎一曲双人芭蕾舞蹈
双方的头、脖子、胸和翅膀不断相互摩擦
这些亲昵的动作频繁上演

现在它们依偎在浅滩
含情脉脉地给对方梳理羽毛
可能还说着别人听不懂的情话

河畔长椅上有两个人在小憩

身上的黄马甲荧光灯一闪一闪

累弯了腰的扫把倚着水泥护栏一言不发

女的把头枕在男的大腿上

一只粗糙的手掌不停摩挲她的黑发和脸颊

她呢喃着我听不懂的家乡话

像河中那对恩爱的黑脸琵鹭

在这春寒料峭的清晨

彼此用柔情温暖着对方

还有晨跑中略感寒凉的我

世界是多么安谧和温馨

此刻，我突然发觉

我是多余的

慢慢升起的太阳是多余的

五花石

我仅剩的一点棱角，风来要过

雨来要过，岁月的负重

一直在不停索取，我光溜圆滑的那部分

给过踩踏，给过打磨，给过世俗

我珍藏的锋利，我想用来

刺破你的惆怅，你的矜持，你的傲骨

我想借你的眼泪和热血，来磨砺

我的执着、坚持和自尊，让我被阳光漠视的那部分

依然保持强硬、坚韧、爱憎分明

在与命运的碰撞磨合中

你的柔情与我的坎坷无缝契合

能在摇摇晃晃的人世间保持平稳、淡定、从容

无论匍匐在哪里，我都将与你相依相拥

你给我温存，我为你挡雨遮风

羌塘

一只藏羚羊绅士般站立在道路旁

谦让我通过，两只尖尖角

仿佛战前战士高高举过头顶的长矛

我停住车，礼让它先行

2021 年 6 月 28 日，两个孤独的流浪汉

在羌塘无人区一个蛮荒路口

相互给予对方谦卑、包容和温暖

与父书

吾父，我觉得我比你幸运
我已过了知天命之年，我的父亲依然耳聪目明
你十几岁时，你的父亲在修建水库工地饥病交迫
用板车拖回家时，已一命呜呼

吾父，我请求你把你父亲失去的时间
夺回来，自己用
你父亲吃了太多的苦，他已为他的后代
把苦吃光吃尽

吾父，其实你也是十分幸运的
在那个年代，你躲进八百米深处的掌子面
开采温暖的生活，粗犷豪放的矿工
都把你当成自己的生死兄弟，同甘共苦

吾父，六十岁以前，你是为子女而活

你用汗水换来的粮票肉票布票煤票养活我们
让我们远离饥饿和被歧视，让我们
天天开开心心去上学，不会空着肚子

吾父，七十岁以后，你只为自己而活就是
你一生披风戴雨，晚年戒掉烟酒是你的又一壮举
让我们由衷地佩服你，正确的事
你总是不会让我们失望，那次住院，吓坏了我们

吾父，彩票不要再买了，那事一点儿都不靠谱
电视看就看了，绝不能当真
你就多下楼散步上莲花山公园遛弯，记住要牵紧母亲的手
在今后的日子里，你们谁也不能走丢

与母书

最令我们念兹在兹的，是你烧的家常菜

吾母，孙子每年从大洋彼岸回家一次

你都要卷起耄耋之年，亲自下厨，难怪

孙子总说你烧的菜是他吃过的最合口味的佳肴

平常人家，吾母，你的拿手绝活

也就是烧烧田间地头常割常有的萝卜白菜

它们像极了你，在地上随便撒上种子

自己就能发芽、抽薹、开花、结果

当年你父亲撒手人寰，你才八岁

小姨还在她娘的肚子里，你稚嫩的肩膀开始扛起

一家人的挑柴担水洗衣做饭，直到

十八岁那年接受媒妁之言，成为我的母亲

当然，我是第五个年头才来的人间，被姐姐抢了先

过惯了平常生活，你总是精打细算
让南瓜红薯与白米结合，填饱饥饿的成长
让煤与柴草联手，驱赶漫长寒夜
使平淡的日子，干净整洁，舒适温暖

直到，我们一个个远走高飞，直到
岁月染白了你的一头乌发，那时候我们好傻
吾母，我们竟然没有发现你额头的皱纹如麻
不知你琅琅的笑声中，满是沧桑，手脚不听使唤

吾母，我们不打算请求你原谅，我们只请求
你攥了一辈子锅铲和扫帚的手，一定要
挽紧父亲的臂弯，把原本属于你们谈情说爱的时光
能抢回多少，都是赚的

罪己书

椎疾，寒舍疗伤，闭门思过
吾知天命之年矣，回首，不胜唏嘘

年幼顽劣，不更世事
偶遇女神缪斯，一见钟情
拜石榴裙下，有相见恨晚之势

挑灯夜战，咬文嚼字，痴情殷殷
期求妙笔生花，有神之助，以款款情书
献于月下，毅然决然

终不得垂青。然其令爱
北国雪域东方熠者，驾七瓣桃花，入年少心
搅拨春池，俘获天地，北南咫尺

后因工于生计，行走世事，欲祛失眠之苦

前弃缪斯，后离其爱，皆痛哭流涕

唯埋首于事，勤勉不怠，遗忘不堪
入乡随俗，娶妻生子，谋得穿戴，平庸浑噩
无杀人越货，欺男霸女，鸡鸣狗盗之好
甚幸。某日突思缪斯，不被其嫌，吾罪人矣

余后，定当心不贰有，忠厚善良
怜悯以亘，与文为善，宽怀异己
乐与神谈，不辩谦卑，诗如其人

善哉，以赎今生罪孽万一也

与妻书

容颜易老，能俘获一颗心的

必是另一颗心，生活没有鲜花鲜活

却持久生动；爱与鲜花一样妩媚

需要更多的浇灌和呵护；有阳光的扶持

雨露的滋润，日子才会成为常开不败的花簇

南极北极，不论多远的地方和里程

都可到达，珠穆朗玛峰高不可攀

常常发生交通堵塞，在功利挟裹浮躁的时代

亲爱的，葆有一颗善良包容之心

弥足珍贵，人心才是地球上难以抵达的目的地

亲爱的，人生之路不可能尽是风和日丽

曲折和颠簸，需要我们用智慧与耐心去克服

相互理解和关心，也要相互信任与尊重

任何时候，我都不会松开牵着你的手的手

你挽着我的胳膊的温柔，除了贤惠还需要睿智

亲爱的，每天早晨抱起你的世界，我用的
是大山托起太阳一般的恒心和信念，依偎在我肩头
你倾尽前世积聚的缘分和娇柔，彼此毫无保留
每一次相拥或依偎，我们袒露生命中最脆弱的地方
收纳对方最坚韧的部分，付出不是爱的全部

亲爱的，在未来漫长的日子里诱惑在所难免
水中花镜中月，不可杜绝但必须不留余地
我们脸贴着脸的日子，不留缝隙
穿过同一件衣服的身躯，熟知彼此的气息
在未知的生命里，指引我们去采掘甘甜与幸福

与儿书

五年一晃而过，独自一人在大洋彼岸求学
吾儿，你吃过的苦
我吃过，你拥有的孤独，也是在你这个年龄
深圳这个比我年轻的城市，都给过我

是继续深造，还是踏入社会
你比我熟知你自己。你当初谢绝了我送你去加州 ①
五年里我竟然未再萌生探望之意，我知道
你已长成汉子，拥有了独立的主意

人生有很多时刻，面临艰难抉择
知识固然重要，社会才是最好的老师
谋定而后动，然后要义无反顾
我很欣慰，你坚毅的眼神，我需要仰视

———————————

① 加利福尼亚州，美国西南部的一个州，简称"加州"。

如果真要我送你赠言，吾儿

人生太短暂，岁月六亲不认，请记住

别与人争锋，别与事儿较劲，该放弃的

千万别攥在手心，有时候必须放飞自己

吾儿，我不可能陪你一直走下去

这辈子我做了错事无数，我已给自己写好悼词：

李立碌碌一生，做对的事屈指可数，其中有

生下了李埫铭

亲人

大角卜村的每一棵野草

都是我的一位亲人，我和它们的

血管里流着同样的血液

不然，它们怎么会早早在村口列队

迎候远道而来的我们？

它们在山风的统一指挥下

忽左忽右地摇头晃脑

我仿佛听到它们在说：热烈欢迎

却又吐不出声音

我猜它们跟我们一样，激动得哽咽了

它们应该是跟我儿子一般的年龄

儿子走到它们当中，又搂又抱

虽然彼此从未谋面，但血浓于水

他仿佛见到远方的亲人般亲切、兴奋

而离家 40 载的母亲，乡音不改
噙着泪，一一喊出它们的名字：
仙蒿，绕子，蛇泡，水鸭婆，半边莲
狗毛，猪蛋，牛坨坨，马尾巴，立伢子……

那声调，仿佛全都是在喊我的乳名

泸沽湖

画眉、鸳鸯、天鹅、红嘴鸥，她们的歌声
清脆、悦耳、悠远、辽阔，像泸沽湖的涟漪荡漾
她们的闺房门，为谁而开，春风不知晓

山杨、红桦、杜鹃、玄参花，记忆尤佳
挥锄打草间，我们读懂了彼此间的心灵神话
走过走婚桥，无须火把，我不会敲错门
苍穹下星星狡黠，我的呼吸是独一无二的暗号

我对她的好，太阳知晓，月亮也知晓
水离开湖流浪，火离开塘不旺，她的心房
始终在傍晚关上正门后，只为我而开

云南石林

宁缺毋滥。我拒绝敷衍和苟且，不在乎
时光流逝，岁月无情，风云变幻。天不长，地不久
我静静守候在天地间，等待命中的春华

太阳落下，月亮升起，雨刚停，风刮来
我相信该来的，始终会来。有一种执着的爱
叫等待，有一种坚持，断得，弯不得

经受过火山熔岩的炙烤，也曾被湖水
淹没，滚滚红尘打马而过，月湖、长湖不枯
石芽、石笋，蓬勃生长，地不老，天不荒
我心不改，改变的只是容颜

外婆

外婆这辈子没有恨过什么人
但对外公恨得牙痒痒的

邻村的一个地主被人活埋了
风声传到外公的耳朵里，他贪死怕生
用一条绳索了结自己。外婆说
那个短命鬼把嗷嗷待哺的六个孩子扔给她
自个儿走了，小姨那时还在她肚子里

外婆咬着牙恨，咬着牙拉扯儿女
起早贪黑，吃尽苦头
选择撒手容易，挑起生活那叫度日如年
夜深人静，她无助地一边干活
一边默默流泪
儿女大了，她的眼睛也瞎了
可她对外公的恨，不依不饶

临死时，她要求儿女

把她葬在外公坟旁，到了阴曹地府

她要问他为什么那么狠心，丢下她们

她还为他缝制一件厚棉袄，她说他下葬时

穿着一件薄单衣，会冷

父亲走了

其实他不想走，他说要等我回去的

2022 年 4 月 4 日晚 8 时，父亲第一次自食其言

——把至亲至爱的人一一唤来

逐个打量和交代，就像是他要出一趟远门

每次出差，他最放心不下的是母亲

这次也不例外，他紧紧抓着母亲的手

这双紧握了 60 年的手，是他心头难以割舍的牵挂

在母亲温暖的手里，他深深地吸了最后一口气

仿佛在为接下来的漫漫长路，积蓄力量

4月4日18时，父亲的目光

仿佛穿透夜空的星光，在万里之外

端详着手机屏幕上的儿子，他平静安详

没有丝毫的痛苦和悲伤，深藏着牵挂与不舍

甚至，嘴角还带点笑意和宽慰

我说什么，他都说好，像一个乖巧的孩子

显得百依百顺，毫无父爱如山的沉重

只有眼角情不自禁的泪水，戳痛着一个男人的内心

他还有太多的关切和爱，等待着我们去收割

他仿佛满怀信心，而我充满期待

只可惜两个小时后，夜空中有一颗最亮的星星

还有无数的泪滴，在人世间默然陨落

最后一刻，父亲还是我的榜样

像拒绝贿赂，一生洁身自爱的父亲
拒绝身外之物进入躯体
甚至交代，如果自己失去意识
在医生抢救时，不让儿女守候现场
这个刚正不阿的男人
不让亲骨肉看到自己的狼狈
——做儿女永远的榜样
在最后一刻，不进重症监护室
他对密室有一种与生俱来的戒心和恐惧

在好望角给诗人刘起伦寄一张明信片

海水湛蓝，漂着肥大的海带，这片海洋
属于自然保护区，严禁捕捞，水生动植物资源丰富
我的想法就简单多了，想在距离北京
12933 公里的非洲大陆最南端，给诗人刘起伦寄一张
　明信片

一张小纸片，载不起大海、草原、蓝天
装不下羚羊、斑马、大象、狮子、河马、长颈鹿
甚至连满山坡青葱的小草，也只能容下一小片
岩石岬角最高处的灯塔只露出一个白色小角，而且
留白少之又少，不容超过十二个字

我突然被难住了
狂野不羁的原生态非洲是寄不过去了
海狮的歌唱，猎豹的嘶吼，白云的微笑，都会超重
当我写下 Changsha, China，塞进山顶邮筒

如释重负。导游不识时务地说，一个月也不一定能收到。

有人奚落我老土：obstinate，微信方便、快捷

他们不知道，手机更新换代，像快节奏的现代人生活

常常把许多美好的事物格式化

我需要用一种慢，锁定浸透纸背的时间

日内瓦湖的白天鹅

——给郑智辉、张鸿伉俪

它们常常比翼双飞在最高处，飞翔在同类的
仰视中，领略五湖四海风光旖旎
俯瞰人间不尽悲欢，是为数不多的几种
能轻松飞越珠穆朗玛的精灵，现在
它们悠闲地在阿尔卑斯山脚下的日内瓦湖
成双成对，卿卿我我

天空蔚蓝，阳光明媚
它们时而头紧靠着头，时而以喙亲吻对方
时而同时展开洁白无瑕的翅膀，时而
相互为对方梳理羽毛，时而深情脉脉注视对方
举手投足之间，都透着浓浓爱意
我仿佛能听懂它们甜言蜜语般的情话

它们捍卫巢穴，呵护幼雏，敢与狐狸决战

对爱侣忠贞不渝，即便一方仙逝

另一方终身不嫁不娶。在它们的世界里，只有彼此

它们整齐划一地迈着优雅的步伐

就是脑袋向左向右摆动，都高度一致，其精度

远高于柴可夫斯基的《天鹅湖》里的动作

演绎出来的艺术远逊色于生活的默契

石河子

——致诗人彭惊宇兄

能在戈壁荒漠种上庄稼、楼房、街道、城市的

必定有丰富的想象力，跳跃的思维

锄头与乱石能碰撞出火花，太阳和月亮

能枕于头下，能拿捏住烈风的力道

能请到星星给远方的亲人捎话，能让新疆杨

一排排站得笔直，给自己的奇思妙想护航

能在冰雪封路之前，把自己的得意之作

——庄稼入库、牛羊进栏，再意犹未尽地

生起一灶旺盛的炉火，煨上一壶酒

兴致盎然地欣赏大雪是如何夸张地提出修改意见

日本动漫
——给一个叫小朵的女孩

思想自由了，蓝天才属于翅膀
手挣脱了束缚，梦想才会振翅飞翔

严谨不代表僵硬，潦草不乏洒脱
飞舞的触手，可以下海捉鳖上天摘月

把心里话倾倒在调色板上，加一点喜悦
些许眼泪，方寸之间骤然鲜活起来

语言是一剂妙药，笑声是传递中的手帕
送出去的玫瑰，在无邪的心灵绽放

白纸从不拒绝遐想，时光从容优雅
拧开了七彩笔，就打开了色彩斑斓的世界

我感谢我自己

三年了，终于冲破千险万难走出那浓厚的雾霾

如果要说感谢的话，我要感谢青春、阳光

感谢吹哨人，感谢料峭的春寒

感谢逆行者，感谢黑暗中闪烁的灯光

感谢点点星光，感谢星空下激昂的《国际歌》

感谢白纸，感谢负重前行的文字

感谢空荡荡的街道，感谢冷清清的厂房

感谢冻毙的羊群，感谢静默的庄稼

感谢惶恐、哭泣、呻吟、呐喊，感谢沉默的骨灰

我还要感谢世界杯，几十万人欢呼雀跃

戳穿荒诞和谎言，让地球村的人脉搏一起跳动

同呼吸共喜乐，如果还需要感谢的话

我感谢我自己，始终没有丧失直立行走的底线

街景

那束阳光是幸运的，穿过密实的树叶
柔和地抚摸着他红里透黑的脸，憨憨的笑容
像涟漪般四散荡开。那把扫帚是幸运的
清理完大街，休息时可以依偎在他强健的大腿上
那块青石是幸运的，别人给它的
是粗粝的鞋牙，他给它温存的肌肤
尽管是有些骨感的臀部。那个可爱的小孩
是幸运的，昂起小头，把一颗削掉彩纸的糖
塞进他合不拢的幸福里，那颗糖是幸运的
让一颗带些苦涩的心，尝到了甜

盆栽

琉璃瓷盆高居浑圆红漆木架上，盛气凌人
稀疏的枝丫间，弥漫着凋零的气息

结痂的伤疤，尽管已经逐渐腐朽
仿佛仍在赞美剪刀的锋利

垂钓者

把太阳囫囵吞下，又整个吐出
远山的胃口再好，不属于自己的，始终无法消化

有一天，老翁使尽最后一丝力气
却把自己抛了出去，被远山咬住，就没再松开

老屋

老屋举着一根碗口粗的拐杖
有些吃力地站着
群草斗志昂扬地向它发起围攻
有些已攻到门口

门虚掩着，没锁
像大角卜村敞开的空寂
任我们的惆怅长驱直入

母亲围着老屋转圈
捡拾着墙上剥落的记忆
父亲没有贸然推门，好像是怕
太用力伤着门后的往事

屋内空无一物，陈旧的空气
向我们诉说着发霉的寂寞

那片曾经被生活熏黑的墙
仍然保持着温暖的面容

我们只是岁月的过客，老屋的过客
父亲轻轻地把门带上
好像是怕吓着受惊的蜘蛛
——老屋唯一的主人

真爱

如果爱有十分，赐我乾坤、没日没夜

拉扯我长大的，我要天经地义地

回报三分，敬父母是爱之初始、善中仁孝；

我育下的生命，是家族血脉的延续和传承

毫无保留地付出三分爱，这是动物的

原始本能，我也不例外

蓝天、高山、旷野、湖泊、树木、庄稼……

贫穷、褴褛、饥饿、疾病、泪水……

熟悉的人情、陌生的世界，这些会毫不含糊地

夺走我的三分爱，我打心底甘愿奉献

多寡自便；我的爱，拒绝泛滥和虚伪

虚无的、魔幻的、漫无边际的炒作、概念和假设

承载不起这沉甸甸的情感；最后一分爱

我想留给自己：珍爱身体的每一个器官

不分主次里外，生活中的每一个构件

无所谓好坏，爱得斩钉截铁，不论对错，永恒不变

此生

青草一块、清茶一杯、蓝天一片

用以孤独，发呆，健忘

不吟诗绘画，不抚琴赋曲，不饮酒作乐

担水、洗衣、做饭，养满头白发

我爱过的人不可以背叛我

我用过的词不可以惩罚我，恨过我的人

可以活得风生水起，茶余饭后

谈起李立，就像看见一片黄叶缓缓

从高处落下

第二辑

多余之物，是我所不能承受的

新年第一餐

鲜嫩的肌肤，有些被火烤，有些被世俗烤
褪去光泽，一点点变暗。

经历过，有的面目全非，有的纯朴依旧
地瓜交出了水分，我交出了岁月

至少

我不能表述哭泣和呻吟，至少
我不会去修饰，我无法怜悯伤悲，至少
我不会嘲讽善良的呼啸，良知稀缺

我不能呵斥龌龊和卑鄙，至少
我会铭记在心，我无法斩妖除魔，至少
我不会在一堆稀牛粪上，插上鲜花

我不能阻止人祸和苦难，至少
我不会去歌颂，我无法擦拭伤心泪，至少
我不会对别人的撕心裂肺，吐口水

我不能斩断谎言和荒诞，至少
我不会去赞美，我无法唤醒生命，至少
我不会在沉默的骨灰里，撒一把盐

我不能选择时间和土地，至少

我不能再失去理智，我无法标配高贵，至少

我不会任由自己的灵魂，在污浊中沉浮

旧疾

蓝天在上
他站在大楼之上

他把大楼扶起
给大楼穿衣戴帽
让大楼站在城市里有模有样

妻儿在家乡盼望
他无助地站在楼上
讨要工钱

那年岁末
我因此落下的心痛，城里的医生
无药可抓

多余之物，是我所不能承受的

原本不属于我的事物，得到
还得请走，尽管会流血、疼痛，譬如
纤维脂肪瘤，寄生在我无法直视的背部
虚荣和贪念，我更难察觉
一旦侵入灵魂，就会难以割舍
自私将挟持我的良知和言行，伴我度过
虚伪的一生

千手观音

我说的是一种植物
不是植物人，随处可见
四季青葱，精神抖擞
一旦风雨来临，能随风狂舞
不像芦荟一样长刺，满腹的汁液
含有致命毒素，天生
喜阴

风中有朵雨做的云

它扇起的风

向左吹，植物们唯唯诺诺，绝不右倾

它遮住阳光，向大地

投下巨大的阴影，气压降低

动物们颤颤巍巍地归巢，进窝，躲避骤雨

有一些孤独的灵魂，独具的慧眼

看到了远处的彩虹

春天没有秘密

春天坦荡，冷归冷

热归热，从不指使风去打探

猫儿叫，鸟儿鸣

蜜蜂想跟那朵花儿

约会，老黄牛怀上犊子了

孩子他爹是谁，云儿想抱住那个山头

大哭一场，黑夜中

一只狗的叫声，出卖了自己的行踪

春天用一场冷雨，让它夹起了尾巴

生活

他的手，比脚利索
她的笑容，比语言亲和
租下小区一层一间几平方米的空间，培育
自己的姻缘和生活，已有经年
人们的日子难免需要缝缝补补
他俩手艺精湛，价格公道，童叟无欺
大家放心地把用旧的行装和起居物
扔给他们，取回的一定是满心的欢喜，后来
这对残疾夫妻回乡下建房去了，小区的人
总感觉自己的生活，有些残缺

病人

年逾花甲的父亲，背着
稚气未脱的儿子，走进挂号大厅
父亲光着一脚，一脚
穿着露趾的胶鞋，默默地排在长长队伍的后面
时不时回头望一眼儿子苦楚的表情
儿子的大腿上血迹斑斑，他们一身泥水
可能来自附近的某建筑工地
父亲的一只鞋子在蹬自行车时
丢了，那年深圳的冬天特别冷
我因此患上流行性感冒

命运

开山，筑路，建楼

把电、水、煤气接到每家每户，甚至

把房子装饰好，在花池栽上花，让城市的

地上地下都畅通，让我们的生活无忧无虑，这些

我们的熟人，共一堵墙的邻居，还有

城市生下来的兄弟，嫌脏怕累

做不来，也不屑于做的

他们默默地做着，起早贪黑，风雨无阻

累趴了，病了，老了，就悄悄地

回到乡下，打发自己的儿女出来，接着做

自己没有做完的奉献

鸟窝

无意中，他上了报纸

本该修剪整齐的树丛，他擅自

留下一枝，只因枝丫上有一个小鸟窝

被摄影师偶然发现，拍摄

说他充满爱心，呈现了不一样的美

村子重新规划，他的房子被拆

他带着妻孩外出打工。面对

记者的提问，他一五一十地回答

那是鸟儿的家，他不愿意拆掉

巴掌

早上八点半，在大家来上班前

她要把楼里楼外的卫生搞好，平时

茶水间是唯一能收容她的地方

办公区域有需要清洁的时候，必须随叫随到

那天，楼里隐约传来小孩的抽泣声，循着声音

我推开茶水间的门，她正用手捂紧一个小孩的嘴

不许她哭出声来，当她看见我

惊惶地站起来，像个做错事的小孩，解释说

孩子今天没人管，她知道带小孩上班违规

说着，又给自顾抽泣的小孙女一记巴掌

望着满脸委屈的小孩，我总觉得

这一记响亮的巴掌是打在我的脸上

翅膀

风筝，是她的宝贝
小孙子伸手去摸，她怕弄脏，迅速挪开

流着鼻涕的小孙子，眼巴巴地望着
那些收敛的翅膀，她眼巴巴地望着游人
那些沐浴阳光，在蓝天下翱翔的
是别人的童年，她只想
早点凑够被老婆、被时代、被命运抛弃的
儿子的住院费，他的翅膀抵押给了
别人的城市，无法赎回

流水

一场突如其来的暴雨，把四个
疏通河道的民工冲走了，后来证实
他们趁着夜色，结伴去了遥远的地方
深圳的河道水浅，记性不好
常常有一截没一截地忘记了水曾来过
他们像平常走路一样，捻脚捻手
生怕让城市的道路感知到自己的存在
他们走得悄无声息
像流水，经过的地方，连痕迹
也不会留下

大雨将至

骤然，天空如墨

一只佝偻的蚂蚁，吃力地

拉着一板车的废纸皮，从 CBD 大街上

蜗牛般爬行，擦身而过的汽车

有的急促地鸣笛，他们嫌弃板车的速度

透过蓝色幕墙玻璃，我看到

头顶稀疏的白发，像极了

我耄耋之年的父母亲，一滴雨

打在幕墙玻璃上，迅疾

划过我的脸颊

杨桃树

这南方的母亲，喜欢生儿育女
背上背着，怀里抱着，手臂搂着大大小小的骨肉
而满身的花，开得娇艳
不断诞生新的生命

疲惫，深藏不露
皮肤上早生的黄斑告诉了路过的风
你的艰辛

你原本属于乡村原野
却被我迁徙来到别人的城市阳台
呼吸着汽车尾气和雾霾
甚至还会引来城市的麻雀
对你指手画脚
还有恶毒的台风时不时登门指桑骂槐

我咬了一口你的日子

有点苦涩，有点甜

沙丘

一样的面孔，一样的渺小

一样的冥顽，一样的自大，一样的老腔调

烈日下，沙鸣也一样嘹亮

一样为日出狂热

在黑夜的冷漠中，一样的岁月静好

一样缺乏黏性，一样互不买账

一样只想骑在同胞头上

无论是高高在上，还是在谷底仰望

一脚下去，一样四散逃窜

后事

像钉在小区门口的钉子，物管赶过
城管也赶过，最后被擅长偷袭的咽喉癌
拔掉了，还有地面摆着的、上书
"高价回收旧报纸"的硬纸片
喜欢瘫坐在小矮凳上，双眼如饥似渴地打量
进进出出的人。保安说，治疗费需要
十万元以上，那比她的命还金贵，第二天大清早
她就回乡下老家安排自己的后事去了

我相信……

我相信天是蓝的，阳光

可以刺穿乌云，再冷酷的冰霜

都可以被热心融化；我相信血是热的

可以熔化无知与冷漠，人类的良知

一定可以战胜无耻；我相信铁链拴不住诘问

铁锁锁不住真相，谎言不可代替事实

荒诞蒙蔽不了良心；我相信

罪恶必遭报应，苦难不可暗无天日

我相信，涓涓细水可以汇成滔滔洪流

能席卷一切残枝败叶，绝不

让野蛮玷污文明；我相信

呐喊可以唤醒沉睡，怒火可以把愚昧烧成灰烬

邪恶即便固若金汤，也会在正义面前

灰飞烟灭，沉默的自私自利者

在完成自我阉割后堕落成作恶者的帮凶，终将被正义唾弃

咖啡

人间疾苦，依旧有人麻木不仁

他们灯红酒绿、声色犬马、夜夜笙歌

我想用黑和略微浓稠的苦涩

提醒他们，可见不得良药苦口的人类

不仅善忘，而且自我、自私

他们习惯了迎合、奉承、谄媚，适应了虚伪和甜言蜜语

喜欢用白糖麻痹感官，用牛奶涂抹伤口

他们费尽心机粉饰星辰、路径、眉宇、话语

十分绅士地品味别人的苦涩

摇曳在欢场上的领带和高跟鞋品不出命运的滋味

纸糊的花花绿绿的世界包不住一颗荡漾天下之心

硬朗而洁白的瓷器才是我的绝配——

嘴唇相亲别样风情，即便与大地碰撞得粉身碎骨

我委身过的碎片也必须无比锋利

火塘

男人的腰和膝，前者立身

后者立世，而这两样往往容易受寒

一个易被红颜俘虏，一个常被权力和金钱奴役

举目四望，杂草与灌木

都朝思暮想攀龙附凤化身大厦栋梁

风能鼓舞的，无不落得灰飞烟灭

清冷寂寥的世间，月色还是那般模样

欲望熄灭后，要不成为花坛里的土壤

要不变作庙堂里落定的尘埃

月牙泉

沙多势众，只要风一吹
就飘飘然漫天飞舞，遮天蔽日
面对月牙泉，团团围观却不敢贸然造次
不敢背负阻断千年清流的骂名
沙子知道，月牙泉眼里揉不得沙子

卖火柴的小女孩

穷人安徒生性本善

让卖火柴的小女孩离开悲惨人世时

嘴角挂着一丝微笑

而且投入她奶奶慈祥的怀抱

我见过卖花、卖唱的小女孩

她们在街头追逐情侣，在饭店追逐食客

甚至在繁忙危险的交通要道追逐司机

卖力地兜售即将凋零的童年

我苍白的诗歌无力给她们争取未来

只能无奈地望着她们苦笑

在战火纷飞的非洲

有谁知道多少小女孩

以脆弱之躯与暗无天日的残酷搏斗

当罪恶肆无忌惮地摧残她们的稚嫩身心时

谁又能递给她们一根擦亮希望的火柴
让她们感受人世间最后的一丝温暖？

安徒生死了一百五十年，卖火柴的小女孩依然活着
只是流落到了他乡

在奥斯陆维格兰人体雕塑公园

八月的奥斯陆，大雨刚停
维格兰雕塑公园赤身裸体的雕塑们
好像刚走出淋浴房，浑身流淌晶莹的水珠
生命之美生于圆润，线条，丰满，力量

生命的种子在母亲的子宫里发芽
生命的源泉从母亲的乳头源源不绝
生命之箭从父亲的手中射向辽阔的蓝天
生命之神在祖父塌陷的肌肤中散发着慈祥

男的，女的，老的，小的
哭的，笑的，闹的，静的，善的，恶的
生命之花百花齐放，姹紫嫣红
沉迷的，警醒的，挣扎的，绝望的，愉悦的
经过风吹雨打的生命才坚强饱满

生命之桥，生命之泉，生命之柱，生命之环

生命无私，生命无常，生命无畏，生命无敌

生之赤裸裸，死之赤裸裸

绸缎，珠宝，名利，爱恨，躯壳，血肉

和舍利，徒增生命之负重

生命之生，是命！

生命除生之外，皆为生外之物

下南洋

这是一个遥远的词，背上背着背井离乡
头上有火辣辣的阳光，脚下是波涛浩荡的苦涩
不敢贸然回首，这个词跟褴褛与饥饿脱不了干系

这个词有些会捎回钱粮，帮家人渡过难关
有些会寄回沉甸甸的叮嘱和思念，在异国他乡
这个词需要经历漫长的煎熬，还有些如石沉大海

找到这个词的落脚点时，我显然有些许讶异
这个词有的穿着花格子短袖衬衫和拖鞋
有的已换上西装打上领带，适应了南洋的季节

这个讨生活的词，走水路是一把好手
这个词在课本里已经上岸，但妈祖
禁不住三炷香的祈祷，依然会给需要的人签发护照

城市蚂蚁

从 30 层窗户向下望去
一群蚂蚁，踏着晨曦，鱼贯而入
走进洞穴

这些来自乡村的卑微兄弟
城市的地面上没有他们的空间
他们便向城市的地下拓展
他们精于流汗，挥锄，掏土，打洞

他们在黑暗中构筑地下城堡
他们从密实的泥土里掏出空间
给拥挤的城市掏出宽敞、便利、速度
掏出自己的价值，儿女的学费和家人的温饱

他们把洞穴挖得四通八达
他们眼看着城市人被洞穴吃进腹内

然后从洞口一个一个被吐出来

会心一笑：真像乡下黑压压的蚂蚁

匆匆忙忙来来去去

被实名举报者

我承认，基本上与事实相符

譬如：时间说我挥霍无度，大海说我率性张狂

悬崖说我胆大妄为，雪山说我桀骜不驯

路说我贪婪，走起来没完没了

晒了前腹晒后背，宠溺紫外线，阳光说我欲壑难填

因为拒绝伞和衣裳，雨说我水性放荡

说走就走，风说我神出鬼没

草原检举我偷走了她的坦荡、辽阔、豪放

沙漠揭发我抄袭她的宁静、孤寂、苦涩、狂野

冈仁波齐指证我注视她的眼睛满含泪光

第三辑

黄河上的羊皮筏子

在腾冲

小巷蜿蜒、静谧，我放轻脚步

怕不经意间，踩痛小石子结痂的伤口

这条通往南亚、东南亚和历史的战略要道、隘口

紧急关头，石头就要经受一次生死考验，那些

粉身碎骨，硬度也毫不含糊的石头

在和平年代，不论是铺成凹凸不平的路，还是

垒成瓦房，不肯褪去的硝烟

仿佛匍匐在时间里，时刻准备跃出来

珠穆朗玛

我从来没有想过要攀附于你，更不会

在你脚下匍匐，你可以用闪光灯

奖掖那些俯首帖耳的攀爬者，你也可以提携

在你面前大气不敢喘的人，你的冷酷

和 No. 1，一样令我有足够理由

只给你我渺小的背影，我无比拥戴自己的平凡

早晨的尼洋河

高原的水，并不都有一颗咆哮之心

裹挟着泥沙，哼唱着高调

一路张扬欢腾而去。早晨的尼洋河

缓慢、平静、清澈，我几乎

听不见她的脚步声，她仿佛一位产后的母亲

把满满的幸福感，写在脸上——

那缓缓舒展开来的涟漪，绵延不绝

只有经历过长途跋涉，走过弯路，有过大落差的心

才能产生共鸣。就像诗人起伦的额头

发源出无数条溪流，有日月星辰在缓慢蠕动

我能从那些褶皱里，读出淡定和从容

就像尼洋河，她从不去盘算自己能够走多远

一路上能收割多少掌声和鲜花

除了流淌，她还是喜欢这样自由自在地流淌

金色的呼伦贝尔大草原

繁华落尽，青涩褪去

花哨的虫子们，经过秋风的洗礼，变得矜持

任我怎么敲打它们的窗棂，概不吱声

仿佛羞于提及夏季的追逐嬉戏

散落在草丛中的白雪，像我鬓角的白发

一撮撮的，开始堆积

这不是苍天的惩罚，而是岁月的馈赠

草原成熟了，变得空旷而安静

曾经能装下多少青葱和繁花

如今就能容下多少寂寥与虚空

长白山

从北向南，满眼尽是暴晒玉米棒子

和燃烧玉米秆子散发出来的人间烟火味道

人们利用田间地头那有限的版面

大张旗鼓地宣扬自己辛苦的收成时，长白山

把满山金色的岁月，悄悄地藏匿起来

它不是不想让我看到，只是觉得树木成林

不必大惊小怪，不值得大肆张扬

风雨读过的日子，该放下就得放下

谁没有过青葱芳华？谁又能永世把持阳光？

谁敢肯定那被遮蔽的小树不会参天？

越是站在高处，保持那份可贵的持重和宁静

越需要强大的内心。长白山仿佛在悄悄地

构思一场纷纷扬扬的雪，欲把那些冒头的想法

一笔勾销，给茫茫尘世巨大的留白

夜宿澜沧江边

澜沧江通宵都在喋喋不休

声音浑厚，又急促

仿佛有很多话要对我说。我睡着了

早上起来，她还在唠叨

把高原的天，都感动得泪流满面

我知道，她没有远在湘江边的诗人起伦

说得那么通透，那么敞亮

那么善解人意，那么惺惺相惜

但我听懂了，她是说

海拔再高的水，归宿都在海平面

天下的路崎岖不平、蜿蜒曲折

只有那些战胜悬崖、险滩、暗礁的水

才可以拥有大海。昌都的天似乎也听懂了

突然间，竟然破涕为笑

好想抱抱那棵椰子树

在海南随处可见的椰子树

我喜欢把它当成我自己的一部分

当它在风雨交加中咬紧牙关，脚下纹丝不动时

我知道，它像我一样

正在使尽浑身解数，吃力地

不要被困难击倒，在同命运搏斗，同时

又在不幸中，吸收生活必需的水分

当阳光来临，我像它一样

张开双臂，兴奋得像个快活的孩子，仿佛

全世界都在听我呼唤，那绿油油的长叶片

就是我奔向蓝天的梦想，就是唱给

白云的奔放歌声，那一串串的椰子

就是我为之奋斗不息的梦想

有些日趋成熟，有些依然青涩

这种极富灵性的事物，我好想
把它拥入怀中，好想紧闭双目
动情地抱紧它，像抱着艾子、庆成、巴城
像博鳌抱紧椰子树
椰子从高处掉落时，从来没有砸伤过树下行人
像我的梦想从高处跌落时，也从来没有
伤害过自己

好想抱抱那棵椰子树，就像
需要抚慰时，我常常抱紧自己

丽江谣

你哼得随心所欲就好，高亢，或低吟
我都沉醉在你的旋律里，打着节拍，和你
你的清澈，令我妖娆多姿

假如有一天，你离我而去
我就让杞麓鲤、蒙古红、高背鲫、倒刺鲃、圆吻鲴……
一路陪你，为你解闷，消愁。我会一直在老地方
等你

来世。像今生
我坚信，你一定会择好良辰吉时，披一身洁白
降落在玉龙雪山

玉龙雪山

八月，我姗姗来迟
有些雪，忍耐不住，私自走了
大部分雪，踩着阳关大道，哼着歌谣
投入了大江长河的怀抱

还有一些雪
站在高处，抱着孤傲的冷
她们被寒风数落得日渐消瘦，依然坚守着
洁白的身子

我不知道，会不会有一粒雪在等我
我的信念多像她们，我坚信
像我这么卑微的尘埃，总有一粒细微的雪
把我覆盖

在霍城薰衣草之乡

我宁愿相信，这天
是为她们而湛蓝，这伊犁河谷是为她们
而瑰丽，蓝紫色的海洋，在风中摇曳
梦幻般向着远方，向着天际线
弥漫开来

我宁愿相信，西域强烈的阳光
是从她们身上获取的紫外线，这微风
是天山弹奏出的三弦琴曲，令她们情不自禁地舞蹈
那飞舞的蝴蝶，仿佛大海中一叶
迷失方向的孤舟，失去了往日的斑斓

我不相信，北纬37度能生长爱情
张扬的爱情常常没有她们纯洁，也十分短暂
身穿白色礼服的新郎新娘，在远处
为蓝紫色海洋镶嵌花边，愿这一刻的浪漫

可以温暖人们孤寂的一生

蜜蜂把生计绑在腿上
奔波一生，我什么也不想要
如果可以，我只想把自己
埋下去，拒绝呼吸，不贪婪一生一世
天长地久是多久？苟且一生
太久，纯粹一世
太短

罗布人

捕鱼，狩猎，依水而居
阿不旦村最后的罗布人，依旧守祖训
遵族规，尽道义，用野麻织网
使鱼叉、大头棒，划卡盆下湖捕鱼
渔获，村民随意取食，不分彼此

捕哈什鸟剥皮为衣，或以水獭皮
哈什鸟之翎，去库尔勒回庄以货换衣
不种五谷，不牧牲畜，不识钱币
靠着塔里木河流域的小海子
搭建简易茅屋，繁衍生息

生活简单，性情豁达，乐观开朗
二十余户人家，百岁老人甚多
他们耳不聋，眼不花，能闻乐起舞
可纵情放歌，与年轻人一起劳作

自给、自足、知足，淡泊、健康、快乐
过着与世隔绝的世外桃源生活
我们的贸然闯入，带来金钱、喧嚣、世俗
不知道是福，还是祸？

塔克拉玛干沙漠里的一棵胡杨

沙鸣是吹给谁听的口哨
细沙在天空舞蹈，观众席上
除了胡颓子、骆驼刺、蒺藜、猪毛菜，我知道
能读懂者，凤毛麟角

我竭尽所能，把自己的触手
伸入每一粒细沙的内核，那里有先祖
千年不腐的传奇，还有
骆驼、野马、狼、沙漠狐狸、沙蟒和人的白骨
我的思想能渗入这些跋涉者的骨髓，从中
汲取我沧桑的灵感

寒冷、干旱、狂风、沙尘暴，这些外来者
征战了几千年，也只能在我的身上
留下无关痛痒的龟裂，只需一个平凡的早晨
一个貌似枯萎的枝丫上，就能诞生

崭新的生命，这是比死亡
更加经典的情节，我时刻都在构思，从不倦怠

我优雅地伫立，在岁月的边缘，屏住呼吸
一千年，即便是死了
那也是优雅地活着

楼兰

刀枪锈蚀，战马仅剩白骨
天空落寞，大地空寂，风沙
把黏土和红柳条夯筑的城墙、烽燧、粮仓
和苍茫，一再拉低
像罗布泊的水位，被岁月风干
只有地下深处，还传来水的流淌声

3800岁的"楼兰美女"，我已听不懂她的
一口纯正的吐火罗语族楼兰方言
她使用过的石斧、石刀、石箭镞、木器、陶器、铜器
仿佛还留存着她的余温，在这个东西方
文明碰撞的丝绸之路，她的一壶煮酒
曾经温暖过许多往返的商贾过客

佛塔上的铜铃常在梦里响起
河里汲水的姑娘头顶陶罐，迤逦而来

微风吹起她的头巾，仿佛一朵飘逸的白云
风干的胡杨林，为了印证她的传奇，传承后人
伫立了数千年，死了，也要一丝不苟地
挺直腰板，以便给后来者指明方向

瞅着这片土地，我仿佛隐隐听到了抽泣声
一些来自地表以下，一些
来自我的灵魂深处

坎儿井

只要来路清晰，距离
不是问题

山上的雪，天上的雨
这些上天的恩赐，大地一点一滴地蓄存起来
只需维吾尔族人，敢于开口
大地就会把清澈的乳汁
毫不保留地给予，不分季节，无论昼夜
可以浇灌心田，也可以滋润葡萄园

要懂得感恩，西域的阳光炽热
必须修筑一条阴凉的道路，在地下
100米、500米、800米深处
让清泉潜行无阻，减少蒸发、渗漏
极其珍贵的生命之源，不该浪费
用洗过衣服的水洁厕，用淘过米的水浇地

光秃秃的火焰山下，也能生机勃勃，绿树掩映

再凶猛的动物，在喝水的时候
都得低头。来坎儿井汲水的人，不论男女老幼
请放低身段

天山雪岭云杉

大雪可以封路、封山

可以令山柳、蔷薇、树莓、紫草、雪莲，甚至

沙砾、岩石、土丘、山峦统统遁形

一夜之间，在视野之中消失

可以令北山羊、马鹿、猞猁、金雕、棕熊、兔狲

威风不再，可以令

楚河、锡尔河、伊犁河顿失滔滔，可以令

时间静止

千百年来，雪虐风饕

都无法让雪岭云杉低头，折腰

它们把根扎进地下 50 米、80 米，100 米深处

根扎得越深，头就抬得越高，腰杆子越直

仿佛一个历史悠久、根深叶茂的民族

面对艰难困苦和厄运，总能

逢凶化吉，并从中汲取下一次腾飞的能量

大雪可以征服天山，甚至可以
暂时改变天山的海拔和模样，可以令
坚硬的岩石风化、碎裂、崩坍
而雪岭云杉，不论飞沙走石、白雪皑皑
还是明媚春光，始终坚持一个信念：
活着挺拔，倒下成梁

遗忘不了结巴村

结巴，藏语意为"遗忘"
在结巴村可以遗忘仇恨、痛苦、烦恼、不幸
遗忘昨天的失意、失恋、自卑、自恋
遗忘战争、金钱、市侩和 Wi-Fi

在结巴村，不可遗忘抬头所见的雪山
俯首所见的湖泊和经幡，遗忘不了
森林、瀑布、草原、沙鸥、黑颈鹤，还有
房前屋后盛开的格桑花，生活在
凹地里的工布人，头戴黑白折围花裹毡帽
身着氆氇制作的毛呢长袍，
无不言语利索，好客而友善

随便走进哪家，火塘里的青冈木
烧得正旺，薄石板上烙制的麦饼、巴河鱼
能让人遗忘世上所有的山珍海味

头顶点着的高山松，能照亮熏黑的屋顶
也能照亮外乡人的胸膛

在结巴村，我最想遗忘的地方
叫人间

大昭寺门前的青石板

作为梯子，已严重磨损
如果让那些心怀虔诚之人，如愿以偿
升入梦中天堂，也是功德无量

卧此 1300 多年，纹丝不动
道道等身的深深印痕，被摩擦得像镜子
光滑锃亮，忠贞不贰，天地可鉴

酥油灯昼夜不息，香火四季缭绕
褐红色的脸庞沟壑纵横，沧桑的岁月
五体投地匍匐着，日月已无边际

男女老少，一步一长磕
无畏酷暑严寒，忍饥挨饿，甚至抛尸荒野
在所不惜，只为完成此生唯一的心愿

青石板吸收人间精华，经年累月

不知不觉间，已修炼成佛

凹凸有致处，越来越具有人模佛样

雪豹

昆仑、天山、唐古拉、冈底斯、喜马拉雅
这些是我竖立在沙盘上的梅花桩
让我练就身轻如燕，攀岩爬坡如履平地

悬崖、冰川、沟壑、峡谷、激流
这是我给自己增加的难度系数，还要添上
行踪诡秘的飓风、雷电、骤雨、暴雪和冰雹

我把千年不化的白雪，披挂在身
火眼金睛，也无法锁定我来去不定的梅花指
眨眼工夫，风雪就把我的踪迹统统抹掉

轻浮狂躁的猛虎和高傲自大的雄狮，到不了
这个高度，招风的大树也不行
这里只接受朴素的岩石，低调的白雪和云雾

饥饿的时候我会杀一只岩羊，或者盘羊
这种在悬崖峭壁上讨生活的动物，令我心生敬畏
我必须技高一筹，这是我敬重他们的方式

星星仿佛触手可及，那些绚丽的虚无
非我所需，我喜欢蹲在一块岩石上俯瞰
尘世间的功名和欲望频繁穿梭

巴拉村

扎西在白云堆里牧羊，卓玛在流霞中
诵经，延续 1300 多年的祥和、静谧，靠山神
还有淳朴、善良和仁爱，庇佑家园

没有路，没有电，没有通信，操一口传承 1000 多年的
康巴方言的活化石，男耕女织，自给自足
似世外桃源，人间乐土，胜过神秘的香格里拉

缺手机、电脑、彩电，甚至是食盐
不缺笑靥，不缺热忱，不缺漫山遍野的鲜花
有巴拉格宗雪山的加持，锅庄舞热情豪迈

在此居住的都是骨肉亲人，远道而来的
皆为尊贵客人，家家户户的门上没有铁锁，渴了
瓦缸里有山泉水，饿了，铁锅里有温热口粮

松贝

拖拉机仿佛恐惧高原反应，突突突地
不敢甩开步子赶路，车上坐着
十六个上山采药的藏族妇女，她们神态各异
像坐莲观音，朝向四面八方

松潘九月的早晨，雾霭锁住了草原和山谷
寒气逼人，家人还未睡醒，她们带着
一天的干粮上山采挖松贝，她们曾经采挖过
虫草、羌活、黄芪、当归、党参、大黄、雪茶

她们知道它们的习性，知道什么时候
是采挖的最佳时机，就如同了解丈夫喜欢喝什么酒
儿女钟情哪样的衣裳，她们都没有带水
渴了，她们就同它们一样喝山泉水

她们的衣着显得有些单薄，围裙宽大肥硕

帽檐遮盖不住她们纯朴的笑容，露出的牙齿
仿佛是一颗颗洁白的松贝，她们产自
艰苦、高寒地区，味甘，性凉，入人心肺

冈底斯山

错过古生代和中生代的
火浆岩，错过新生代的火山岩
造物主没有给我做你坚强基石的奇缘

甚至，也错过成为你二十八条冰川中的一条
错过成为藏北高原一棵生生不息的青草
错过成为藏南谷地一棵扎根一千年的大树

错过成为止拉浦寺一根精美绝伦的画梁，和
白龙河、东龙河、卓玛拉河的
一滴冰清玉洁的活水，去迎候
肃穆的水葬队伍，去滋润青稞渴望的眼神

绵羊拥有阿玛慈悲的宠爱，牦牛拥有
青草辽阔的宠爱，山顶洁白无瑕的雪，拥有
蓝天和阳光浩瀚的宠爱，野驴、藏羚羊、狼、熊

它们已各就各位，在你慈悲的怀里。而我
没有归宿

那么，请借山腰神圣的石阶一用
让秃鹫用我卑微的躯壳驱赶饥饿，再叼着我的灵魂
远走高飞

蛇口渔人码头

渔号子除腥祛味搬进宽敞阔绰的高楼
只有淡淡的咸腥味
还在码头恋恋不舍

背后群楼的阴影不断向你施压
熟悉的身影一个个从记忆里褪去
只有与你争斗了几十年的海浪常来串串门
陪你唠唠嗑
当年曾被你亲手提携的鲜活生活
已经患上阿尔茨海默病
把你遗忘在大南山脚下

远处有无数双贪婪的眼睛
正透过高明的手段
以无钩无饵无形的钓线
盯着你

我偶尔也来垂钓

但拿不出像样的诱饵和足够硬气的钓竿

来钓你这么肥美的大鱼

芒康千年盐井

并不是所有的水

都喜欢在奔腾中寻求刺激和快感

芒康千年古盐井里的水

更乐于在平静中

慢慢提炼出生活的味道

静如止水——

活在自己的世界里的水

是否心灵剔透

晒一晒太阳就知道了

过业拉山七十七道拐

海拔越高的山，下山的路

越是陡峭难行，心里的失落感就越重

山口的风，能令人振翅欲飞

也能使人跌入万丈深渊，常常有人

在山巅之上，因为痴迷风光

铤而走险，最终落得车毁人亡

向上攀登时，总是意气风发

向下而行，难免忐忑不安

过每一道弯都要及时调整好心态

高处滚滚而下的流沙，仿佛想制造一点麻烦

有些杂碎，总是忘不了刷一刷存在感

不争一时之气，能躲闪的

尽量绕开，前面的每一道拐都是一个悬念

要到了跟前，才豁然开朗

中午的尼洋河

有些水，原本出身清白

走着走着，就变得浑浊不堪了

自始至终保持清澈的大江大河，我数不出几条

捧一捧尼洋河的水，洗去中午时分的混沌

一路走来，她依然从容、淡泊

我没去追溯她的心路历程

她也没有被沿途大大小小的山峰，绊住

有些山头，还虚拟一些云雾

都没能引起尼洋河过多的关注，她仿佛

已然清醒，作为水

最重要的，不是能走多远，而是自身清澈

过界山达坂

翻越界山达坂时，太阳正往西走

夏天的白雪有些晃眼，微风带着寒意

我走过的路，若隐若现

雪走过的路，只留下黑色的砾石

曾经，我深信不疑

没有被人踩过的雪，融化后

就一定是清澈的甘霖，见多了雪

我才发现自己大错特错，并不是所有的雪

都洁白无瑕，时间也不能

过滤掉所有的渣滓，在最不起眼的低洼处

有一个小水坑，心里装着整个天下

丹顶鹤

——并赠远人、梦涵伉俪

亲爱的，你把写给我的情书

呵，呵，呵地引吭高唱

从不忌讳隔芦苇有耳，你是否收好了

我肆无忌惮的柔情？涟漪荡漾仿佛字字珠玑

幸福的时光如湖水一般清澈，来吧

屈膝弯腰，伸颈扬头，咱们一起来跳个舞吧

即便不能比翼双飞，展开了翅膀

就是我此生不变的誓言

谒杨万里故居

给风定位，犹如用竹篮子水中捞月
而杨万里两袖间拂过的清风，清晰清新
那犀利的眼神，终究没能锁住
我感觉到了穿堂的清凉，岁月在此时此地
已被藐视和忽略，耳畔响起激昂陈词

青竹拔节的铿锵声音，赣江与恩江
听得真切而涌动，有一种空
可以容下吉水整个五月，天下至清至纯的水
于竹节中节节攀升，高举起一丛翠绿
不图耸立群树，只为扫除心中那片不散的乌云

迎风伫立于大地上，以一支笔的锋芒
更是以一个人的气节，比文字艰难和厚重的是双脚
自己一直在泥泞中跋涉，却日思夜想地构思

如何让他人脱离窘境，在这片土地上

陷得越深，那份深沉的情感就像根一样坚定

有个叫大角卜的村

我问村里仅剩的三个老人
大角卜这个名字有什么来历
他们摇头以对

青山也无语
它只是让出脚下一片红土
给十几栋泥砖瓦房立足之地

大江长河绕道走了，山塘蜷缩在山冲
懒得替水回答我的疑问
眼神荡漾着一层层的忧郁

老屋比古稀老人大龄
它们举着一根或两根拐杖吃力地站着
仿佛一阵风就能把它们带走

有个叫大角卜的村

杂草对陌生面孔纠缠不休

它们一步不离紧跟我的脚步

我的荒凉被它们前呼后拥

在银川黄沙古渡

必定是一样坚硬的黄沙，一样浑黄的
黄河水，昭君出塞和亲，蒙恬
北击匈奴，康熙亲征噶尔丹
他们必定不乘难以驾驭的羊皮筏子，他们是
像黄沙古渡黄沙一样命硬的过客

我是去对岸的一个过客，身无一长
把命运交给简陋的羊皮筏子，像附近两岸劳作的村民
他们每天往返于，一个接着一个的黄色漩涡
那些血盆大口，好像要把我和羊皮筏子一起
一口吞噬，黄肤色的船工迅猛地挥舞桨片
绵羊般的我们，穿梭在浑黄的狼群之中

对岸一层层的黄沙，风在催它们上路
黄沙也是过客，被黄河水带走
可不死的黄沙，悄悄地改变了黄河的姓氏和

命运，黄河归顺了黄沙

奔流而去，百折不挠

过险滩，跃激流，飞天堑，不退缩，永向前

像那些从黄沙古渡西去的故人，不死的

他们，在岁月里延年益寿

冈仁波齐

我用双手按住自己的胸口，怕心跳

打扰你的修行，但我的眼睑

无论使多大的劲，都阻挡不住泪水的涌动

面朝苍穹，我不让苦涩的泪滴滚落

亵渎天坑里那些安息的魂魄

把众生疾苦，点化成沉默的泥土

秃鹫眼中没有贫富贵贱

塔克拉玛干沙漠

一头扎进你的怀里，我就没有想过
要与你分离，你的火爆、热辣、沉默与寂寥
已融于我的血液，我的肌肤
已被你熏陶得沧桑坎坷，当我的满头青丝
被你爱抚得与你一样金黄时，亲爱的
即便是我死了，爱你之心
一千年都不褪色不腐朽，我以胡杨的名义
起誓

高黎贡山

如果此生必须与高黎贡山打一次生死交道

我愿意选择 1944 年 5 月，以一个中国军人的身份

如果必须怒吼，我选择做一名机枪手

在世界最高海拔的殊死战斗中，流尽最后一滴眼泪

从一个十六岁的孩子，成长为顶天立地的好汉

如果还可以选择的话，我愿意站立成一棵大树

用粗壮的根，抱紧那些失血的生命

构思更多的落叶，给衣着单薄的英雄保暖驱寒

玉门关

割红柳的人已遁走他乡，用红柳枝条
夯筑的城墙，大部分开了小差
随风去了远方，有些在红柳枝的搀扶下
勉强站立，也已不提当年勇
只有被割了一茬又一茬的红柳，在荒原上
用另类的色调，证明自己依然活着
与烈日和风沙较着劲，没有妥协的迹象

吐鲁番的葡萄还没有熟

坡地上的晾房，已经饥渴难耐
空落落的木质挂钩，显得百无聊赖
从密密匝匝的气孔进去的热风，一无所获地
从对面的气孔溜走了

葡萄沟的藤架，扛着一串串沉甸甸的
青色果子，显得颇为吃力，绿色的叶片
像母亲一样镇定、安详
她们伸出宽阔的叶面，挡住火辣辣的阳光
免得晒伤那些水灵灵的心肝宝贝

树下维吾尔族姑娘、小伙的对话，葡萄串
全记住了，那些甜言蜜语
经过消化，吸收，加工，转化为
葡萄的成分，不论鲜吃，还是晾干
甜蜜从来不打折扣

吐鲁番的葡萄还没有熟。今年的葡萄

长势好，预示着丰收年，我来早了几天

维吾尔族大叔说差一天也不能摘，不能让贵宾

带走酸涩，糟蹋了吐鲁番的信誉

诱惑无处不在，而我，即便是吃不到葡萄

也不说葡萄酸

蓬莱阁

——赠诗人郭辉

与大海打交道的最好方式，是站在高处
令海浪的好奇心，永远得不到满足
而自己心中的蜃景和仙境
常常若隐若现，让达官显贵和布衣百姓的
疑惑、敬仰和向往，像旭日
在海面上缓缓升高，使扑朔迷离的传说
充满着烟火气息，仿佛置身其中
我们就是故事中弥足珍贵的那一部分

鸭绿江上的断桥

铁了心似的，站在水中

仿佛一个倔老头，孤独而沉默

掰着手指头计算着河水的冷暖与枯荣

一年又一载，有多少双不眠的眼睛

在等待、在期盼

对岸的银杏树，绿了又黄

不知道重复了多少遍，也消磨不了钢铁般的信念

笔挺着身子，等候着

那些失散多年的脚步声，雄赳赳地

——回家

黄河上的羊皮筏子

尽管，被吹嘘得有点不真实
还上了光油，但没有轻飘飘地蹿上天
像风筝，在高处神采奕奕地飞扬
修行的方式有很多种，黄河波涛汹涌
到达心灵的彼岸，完成别人的心愿
我以此为毕生的追求，不论多大的漩涡
我都无所畏惧。我不渡己，渡人

额尔古纳河

一道矮矮的铁丝网阻挡不了我的视线
几乎所有的河水都会拥有自己欢快的歌谣
唯有额尔古纳河迈着悄无声息的步伐
像一个做错了事的孩子，低着头默默走路

两岸泥土的呼吸和小草的芬芳，同根同源
它们的肤色神态和衣着装扮不分彼此
我看见一棵刚刚从泥土里探出头来的小草
正歪着小脑袋向我张望，像极了邻居家的小孩

呼伦贝尔胸怀坦荡，所有动物都不慌不忙
黑山头的高冈我就不上去了，在低处
我更能听清楚一些小飞虫在飞越额尔古纳河时
不慎掉落河里的声音，它们的哭泣声
在我的心里响起，然后传向很远很远的地方

对岸鲜有动物走动，那些陌生的面孔
已然无法勾起我的热情，当我飞身骑上一匹黑马
两腿夹紧马腹，呼伦贝尔大草原听懂了
我发出的飞奔指令，撒开四蹄向南方奔驰而去
我禁不住回头瞟了一眼，仿佛听到一声叹息

额尔古纳河没有用力来追赶我，它放弃了
咆哮的权利，它本能地挪动缓慢脚步
那无声无息的委屈，也许只有当年饮水的战马
才能听清读懂，当风一阵紧过一阵
令额尔古纳河彻底寒心，它把两岸拉得更紧

也许只有大雪明白额尔古纳河的心思——
用一种浩荡而虚无的方式，把巨大鸿沟填平
尽管在醒悟的时候，额尔古纳河将更加痛彻心扉

岳麓书院

"惟楚有材，于斯为盛"，我识字三斗
推不开黉门，入不得讲堂
朱熹与山长张栻三昼夜长谈的百泉轩
已被铁将军掌控，女贞、银杏、古槠、枫香
这些先贤纷纷在秋天削发为尼，现屹立于
冰天雪地，铮铮铁骨，岿然不动

彭龟年、游九功、王夫之、曾国藩、左宗棠
有如冬天的炸雷，我识不得几人
不禁扶自卑亭扼腕叹息，为自己的轻薄
为"实事求是"，为"忠、孝、节、廉"
为桃花、蜡梅、迎春、芙蓉
那些漂亮的花骨朵，没有在凛冽的寒风中
傲立枝头，但是

文庙屋顶上的黑瓦片，不论白天黑夜，不论

阳光灿烂还是雨雪交加，都黑着包公一样的脸

许历史一个干净的天空

古格王朝遗址

富贵会凋零，繁华会剥落
世间万物，难以找出时间的对手
唯有土地的贫瘠、卑贱、愚钝
难以征服，被烈日、风雨、雪霜
数落了千年，已经灰头土脸
也不忘讴歌一个高原王朝曾经的颜面

界山达坂

踩在喀喇昆仑巨人的肩膀上，有大风吹
没感觉自己风光。吐蕃古道热肠
一年中难得一见的青草鲜花，全都拿了出来
六月的雪，更是能令人心头发热
我的灵魂还滞留在珠穆朗玛，不肯下来
走过了无数弯曲陡峭的天路，前方是不是坦途
已不再惧怕，行囊里装着羌塘无人区
那只流浪公藏羚羊坚毅的目光，有了这份厚礼
我有理由暂且放下塔里木已准备妥当的满盆金沙

黄河第一湾

能成其大者，必有一颗谦卑感恩之心

在若尔盖草原的唐克镇，黄河弯下了腰

向着巴颜喀拉雪山，鞠躬

滴水之恩，成其浩荡，雄心滔滔

割舍不下的眷恋和牵挂，都得一一放下

向东的路，曲折坎坷无法预料

唯有不断压低自己的身段，才能走得更远

阳关

比刀枪更无情的是岁月，比寂寥
更揪心的是苍茫，比城墙更不堪一击的
是沙砾，风还没有怎么使劲
就听见沙群发出一阵阵呜咽。阳光使出浑身解数
已然徒劳，被埋没的又岂止故人的脚步
一只迷途孤鹰，不停地扇动空茫
哀鸣声中，仿佛急于挣脱命运的安排

山海关

初衷与关隘一样，比美人这一关
攻易守难。城高墙厚，居高临下只是一种姿态
山海相连，也仅仅是各自呼啸和澎湃
草莽爱美人不爱江山，把一个
年轻貌美的女子揽入怀中，都城的火光和哭泣
使铜墙铁壁形同虚设，瞅着一股铁骑洪流
穿门而过，那些上了年纪的旧砖老瓦
一定是心碎了一地，它们仿佛做了什么违心事
呆滞而痛苦的表情，至今仍挂在脸上

沱沱河

——民谚：五道梁不过夜，沱沱河不吃饭。

在季节深感无力的地方，野牦牛

从容咀嚼着大雪虚掩的时光

步履深浅难测，散流、漫流、支汊、串沟

被雪刻意掩饰，找不出流淌的破绽

人间四月，春光离格拉丹东、尕恰迪如岗和岗钦

甚远。我心里潜伏着一头饥饿的雪豹

窥伺着远处机警的藏狐、藏野驴和藏羚羊

忘了原路返回的小路，已被大雪封杀

向一块卵石打探，圆滑的腔调

在雪花加持下，更显冥顽

无助于解开纠结已久的疙瘩，寒风彻夜

叩敲唐古拉山镇的一扇窗户，如此执着地歪曲

沱沱河的本意，也阻止不了雪

阐释涓滴之水，亦可成就一颗奔腾的心

乌鲁木齐的第一场雪

雪停停落落，道路两旁的草地上

仿佛落了一层头皮屑。头上没几根毛

老想洗发。网上搜索的两个发廊

都闭门谢客，第三个店里只有一位半老徐娘

五十元不讲价。天冷都选择沉默不说话

雪还在下，有些落在我的心里，有些落在她的头上

敦煌，2023年10月22日下午4点

街上偶尔驶过一辆汽车，两旁商铺门窗紧闭
难得有家开着门的商贩，里面黑灯瞎火
说是为了省电，老板娘以为来了一位救世主
原来只买了一瓶矿泉水，强打的笑脸
立马耷拉了下来，仿佛沙尘暴来袭的前兆

若羌

烈日联手风沙，搬空了一湖碧水

昆仑和天山过问了亦无济于事，有心人

找出了隐居两千多年的楼兰姑娘

也向守候了两千多年的胡杨打听过，迄今

不知道罗布泊的水被藏匿在何处

楼兰古城佛塔上的铜铃，苦苦支撑

仿佛非要揭开谜底，也仅仅能

证明，远去的驼铃声确实带走了一些

莎车

莎车属于旷野、山间、草地，属于十二木卡姆

属于歌曲、诗歌、音乐、说唱、舞蹈、演奏

属于抒情和叙事，属于语言和艺术

属于戈壁沙漠和绿洲，属于柴米油盐酱醋茶

属于理想和追求，属于幻想和情操

属于载歌载舞的麦西莱甫则，属于苍劲深沉的琼乃合曼

属于流畅欢快的达斯坦，属于女诗人阿曼尼莎汗

属于她的《精美的诗篇》，属于生活

第四辑

拉斯维加斯户外音乐喷泉

古罗马斗兽场

公元前一百年，我与狮子约定的那场

生死决斗，由于我的迟到

一个犹太奴隶替我出征，他怀着对

生命的深重敬意，竭尽全力

直到最后一滴血

在全场五万欢呼和尖叫声中

渗入脚下的泥土，直到

狮子饥饿的胃完全接纳了他的灵与肉，直到

帝王将相们心满意足地离去

今天，蓝天白云，我姗姗来迟

除了年迈的石头还依稀记得当年的腥风血雨

岁月早已把人兽、人人

决斗，置于脑后

帝王将相们早已改变了行为习惯

他们常常乐于窝里斗

我也常常与自己决斗，与命运

决斗，那是当年与奴隶决斗的狮子

不死的灵魂，它丝毫不谦逊

我常常被它掀翻在地，弄得灰头土脸

但我，每次失败，都必须在

命运倒数十声前，顽强地

爬起来

伦敦的落日

万分羞愧。在不列颠博物馆
中国厅，我耻于面对列祖列宗的
玩偶、涂鸦、泥塑、石雕、手迹和骨头

走进那个现代化的囚牢，我是一个
不孝的探监子孙，这里关押着
我衣不蔽体的祖先
我的尊严、荣耀、自豪和所有的梦

我被反复警示，要轻言细语，蹑手蹑脚
无数的摄像头盯着我的一举一动
那些用鸦片和洋炮，还有施耍
偷盗、哄抢、拐卖、欺骗和偷鸡摸狗伎俩得到
来自故宫、圆明园、敦煌、庙宇、荒冢、沧桑大地
囚禁于防爆玻璃柜里的祖传之宝
我无言以对，我连与它们合影的权利，也被

公然剥夺，他们的理由冠冕堂皇

就像当年头戴礼帽，一手举着文明杖，一手揣着

火药枪，闯进我的家园

站在伦敦河边，那流金的河水

仿佛缓缓逝去的岁月

伦敦的落日，悬挂在河的尽头，浑圆

欲滴，像是从我脸颊滚落的一滴

疼痛的眼泪

柏林墙倒了

一夜之间，那些
捆绑民心的铁蒺藜，水泥高墙，高压电网
倒了

从瞭望塔射击孔伸出的黑森森的枪管，和
六百只凶神恶煞的警犬，在人民的怒火中
全倒了

它曾经不可一世，不可逾越，把德国分开
把世界分开，把人性分开，把东西方的对峙，重新定义为：
冷战

它的倒塌，不是东方输，不是西方赢
是人民饥肠辘辘的生活胜利了，是被禁锢的思想
获得了解放

我自由自在地在菩提树下大街漫步，不会因
见不到柏林墙感到遗憾，但德国
有人对柏林墙的倒塌深感惋惜，甚至有人呼吁
重建一公里，他们不是想在脖子上，重新
套上枷锁，而是想告诫历史
不要重蹈覆辙

巴黎圣母院

人间灯火，泪已干
我与上帝，隔着一道栅栏

红袍与白袍，于我来说，是一块遮羞布
于神来说，是分级的赤胆、忠诚、修炼

从大理石中跑出来的禽兽，和从橘黄色窗户
透进来的光，比在大堂里行走的动物
更富表情和色彩，它们脸颊上
仿佛镌刻着苦楚和迷惘

地下室已被幽灵占据。上楼的门紧锁
钥匙已被雨果丢在远古的《巴黎圣母院》
我们只能在人间游荡和彷徨，那个
又丑又聋的敲钟人，搂着逃命的善良，从楼顶
纵身跃下。多年后，邪恶

才从神圣的高处坠下

慈悲和善良的那口钟，高挂在人性的头顶
离现实有一段落差，往往被人拿来做摆设
要敲响，需把自己的灵魂，当作
楼梯

凡·高自画像

饥饿的炊烟，从阿姆斯特丹的天空
飘进你的画布，还有乌云般饥渴的
爱情，其实你只是单相思

你从来没走进过房东女儿、寡妇表姐的心，甚至
多病的妓女都弃你而去，只有
弟弟提奥，在心里给你留着至上的位置

你与失望的父母也不相往来，你自己
修饰得还算精神的准备送给双亲的自画像
也没送出，你送给世界一幅血淋淋的自画像

你这个驼背的年轻小老头，有一副臭脾气
与唯一的知己高更不欢而散，你竟然
把怒火泼向自己的左耳，剃须刀

完成了这次收割。但你的人生连年歉收
在你的有生之年只卖出过一幅画，多病，失恋，屈辱
你把美好的向往倾注给热烈的向日葵

但你心灵的那枚太阳，始终没有升起
你离开精神病院，走向那片熟悉的麦田
用枪口抵住自己的三十七岁，扣动扳机
惊飞了一群乌鸦，定格在你乌黑的画布上

在悉尼湾

很难想象 1788 年 1 月 26 日

英帝国菲利普船长

押解杀人、强奸、抢劫、盗窃犯

在这里登陆时的情景

那一定像咸水鳄上岸粗暴野蛮

有一种文明叫火药枪

扳机在英帝国的手上

帝国要改造"泯灭人性"的子民

帝国的人性可以随意挥霍

把荒芜之人流放到荒芜之地

所到之处，帝国的枪口当家

在别人家屋顶插上一根欧洲稻草

就变成了自己的家园

繁华淹没旧貌，海水蓝得有些虚伪
在情人港守护天外佳人
已有经年。悉尼歌剧院升起白帆
任凭风浪叫阵，从不起锚
那射向对岸的弧形海港大桥
比帝国当年射出的子弹还远，还要
深入人心

一双白鸽站在汉白玉栅栏上
热情地打量我，目光十分友善

拉斯维加斯户外音乐喷泉

仿佛久旱逢甘霖
破土的声音此起彼伏，风吹着口哨
迤逦而来

光怪陆离，灯红酒绿的大草原
斑马、羚羊、水牛、角马
这些以草为食的动物，纷至沓来
为免费的青草而欢腾

同时，一场狩猎也已展开
狮子、花豹、鬣狗、豺，这些
食肉动物，在悄无声息中
伺机偷袭

追逐，猛扑，跳跃，嘶鸣，撕扯
有的咽喉被锁，有的血流如注

有的因惊慌失措而随波逐流

有的躲过一劫被滚滚红尘裹挟到渡口

岂知，鳄鱼早已在此"守株待兔"

狮口踟蹰，此时理智不堪一击

我能否成为那只漏网的角马？

水牛城记事

天空像一把无声手枪，大雪过后
世界倒在一片白茫茫的寂静中
你笑容可掬地搂着我的陶醉，依偎在
水牛山庄洁白的怀里

水牛睁开着诱人的橘红色眼睛
面带桃色，像喝醉了酒
瞪着桌上一堆五光十色的筹码
我们喝完一杯免费啤酒，在灯光幽暗的
赌场，买了一次青春的赌注

这时候，青春是可以拿来做赌资的
庄家手背的时候，我们也
难以赢得原路返回的资费

那场雪，一直下着

从一张照片里飘落，纷纷扬扬

多年后，聚集在我的两鬓

不再融化

在西西里邂逅黑手党

青翠的小草，牵着阳光的手
从高坡上，纵身跃下悬崖
岸边，连劝阻的栅栏也没有
虚设，天空和大海
显得异常的湛蓝和安详

而有些小草，则被尖顶的教堂
救起，它们举着一丛丛娇嫩的鲜花
教堂门口，一个卖纪念品的老太太打着瞌睡
她背后一张张黝黑的小脸，绽开木质的微笑
腮帮地中海式的胡茬，仿佛是
一群小"野兽里纳"在向我款款走来
但这里的人们，耻于提及
自己乡里乡亲的黑手党

柯里昂小镇，教堂比人多

像赚到血腥味过重的第一桶金的土豪

热衷于上寺庙上香，黑手党

有了钱就回家修筑教堂，让罪孽深重的灵魂

有个安度晚年的地方

在维也纳

维也纳是三月河平原抱在怀里的一台

钢琴，阿尔卑斯山全神贯注地弹奏

铺满街道的鹅卵石逶迤而去，仿佛

是一颗颗跳动在五线谱上的音符，贝森朵夫大街 12 号的

黄金厅，每年都给世界奉献一桌

色香味俱佳的新年盛宴

我笨拙的双脚，演绎不出美妙的音乐

却沉醉于公园露天音乐会的旋律，多少人

当年曾流连于维也纳艺术学院门口

长途跋涉而来的多瑙河，欲亮亮浑厚的嗓子

听完施特劳斯的《蓝色多瑙河》，便从城中扬长而去

我没有富人的财力，没想在

巴洛克式、罗马式、哥特式建筑群中谱写一曲

自己的《命运交响曲》，终究房价已不菲

但，海顿、莫扎特、贝多芬、舒伯特、施特劳斯、兰纳、马勒
纷纷把自己嵌进了维也纳，如一颗颗璀璨的钻石
他们的生命是一颗嘹亮的音符，他们的墓碑
是维也纳闪亮的名片

死海

过分的热情，往往不是白给的

索取，无休无止
拿走了该拿走的，和不该拿走的，剩下
荒芜的白，和茫然的
寂寥

内心平静，甚至深沉
貌似宽广博大，但已容不了任何事物
自我超过一定的浓度
就容不下别人

接受新鲜事物的渠道越来越少
海拔最低的水平
只会更低

若干年后
有些大海高耸成世界屋脊
有些高山堕落成不毛洼地

加尔各答的慢

昨夜入境处过关的煎熬，叫
加尔各答的慢。仪器睁着老花眼
反复辨认陌生指纹。在北京时间凌晨
两点钟后的哈欠中，腕表分针的嘀嘀声
如天轮般在心坎，一圈一圈地碾压

加尔各答早晨的慢，是露宿街头者
一条薄毛巾就是他的地和天，太阳晒屁股了
他还在石椅上睡得正香。树叶
绿得漫不经心，街头几只乌黑发亮的乌鸦
在昨晚的垃圾堆上欢呼雀跃

"嘟嘟"车的慢，是它们的面孔
依然停留在二十世纪八十年代。花池的慢
是面对水泥围栏失踪，那些松散的土
依然维持现状。街上行人的慢

不是人字拖不紧不慢，而是一张张

不喜不悲的脸，没有从昨夜的睡梦中醒来

没有醒过来的，还有风

我用中国话吼了几声，都是热在应答

在特蕾莎之家，我原谅了加尔各答

对于昨天，我已放下了所有幽怨
我原谅了饥饿、贫穷、衣不蔽体，原谅了
麻风病、瘟疫、感冒发烧，原谅了
肮脏的水、发臭的垃圾、传播痛苦的鼠类和蚊虫
原谅了发黑的道路和低矮的贫民窟

我原谅了墙壁上的镰刀、铁锤和选票
原谅了寺庙渎职的神，把神职人员
喂得脑满肠肥，却并不理会那些顶礼膜拜的
瘦弱的祈祷，他们虔诚的心
盛满平静如水的泪，在我眼眶里打转

我原谅了那棵没精打采的菩提树，原谅了
叽叽喳喳的灰鸽子，和平那么遥远。原谅了
那辆吐着噪声的"嘟嘟"车，在特蕾莎之家门口
向我伸出的枯瘦如柴的小手，我无法原谅

自己伸进裤兜里的手，犹豫了半天

世上的幸福总是青黄不接，不幸常常
首尾相连，从特蕾莎之家出来
我原谅了破旧的街道，拥挤的人潮
原谅了在大街上洗澡的人，原谅了天
原谅了一场说来就来的毛毛雨，雨那么小
没有洗脱苦难，也没有浇灭希望

给一个印度小孩

当谎言插满鲜花，用流量

在空气中弥漫开来，我正处于

关机状态。亲爱的印度小孩

你的一个手势，一个鬼脸

填补了我心灵的许多空白，在你的纯真里

我努力搜寻一些虚无的记忆

诚信、怜悯、仁爱、宽容，在我的世界

业已失传，你深黑色眼窝里的纯真、活泼

你棕色肌肤的健康、朝气

你可以感知到自己的未来，而我却不知所措

你握着我的手，我们都不愿松开

百米开外，你回头冲我微笑，伸出舌头

一个年轻的印度妈妈，抱走了

我的童年

在泰姬陵，我拒绝赞美爱情

爱情是自私的，但不是

攫取普天之下的幸福，来巩固自私

不是把红颜一笑，建立在

众多的泪水之上，令爱情失色

有多少工匠背井离乡，就有多少

妇孺孤苦无依，有多少生命默然陨落

就有多少家庭万劫不复，有多少

尘埃蹂躏苍生，风雨都不会轻易饶恕

白色大理石雕琢不出纯洁，日月

可以碾碎所有坚硬的事物，包括饱含杂质的

爱情，岁月的刻刀

让一些裂痕日趋加深，仿佛

望向天空的那双浑浊的双眼，搂着孤寂的情仇

忧郁而终

我拒绝赞美那滴蓝色的眼泪，在泰姬陵

爱情如一场洪水，泛滥过后

爱和恨都已在岁月中搁浅

老德里街头的一棵菩提树

稀疏的叶片，仿佛

凝视远处，低矮逼仄的房屋

在小巷倾倒喧哗，岁月眉头不展

用旧的时间，缀满补丁

两只花栗鼠，是世上最精美的图案

几只投机取巧的猴子，撅起红屁股

东张西望，正在搜寻晚餐

一枚干瘪的菩提子，抓牢枝丫

乌鸦衔着暮色，栖落枝头

这些聪明的东西，知道什么时候回家

树下的无家可归者，还在昏昏欲睡

除了饥饿，什么也唤不醒他

身旁的母牛，那是自由的印度圣物

正在漫不经心地反刍落日

贝加尔湖

我只听见自己内心的激荡和澎湃

啊，我来了，我的北海！

没有一丝回音，我挥舞的双手

迎回一股彻骨的寒风

显然，她已忘却自己的乳名

散落在周遭的民房已换上尖顶、蓝白相间的洋装

只有白雪和冰凌，还是从前的模样

一只小鹿从林子中探出头来

打量了我一眼，又不慌不忙地消失在历史深处

仿佛是当年苏武牧羊时走失的那一只

跟袋鼠说一声拜拜

袋鼠伙计，我想家里的熊猫了

长得高大威猛，肌肉健硕

对我没有吸引力，熊猫的妩媚和羞涩

早已深入我的骨髓，吃力地蹬跳

远无熊猫漫步，那般悠然雅致

虽然生活品质随意，而我家里的那位

相对挑食，我也可以理解为专一

亿万年来怀里始终只抱着竹子，是不是可以

解释为一种美德，对衣着绝不将就

也未尝不好，花色条纹搭配古典又时尚

一身行头充分展现出了东方的魅力

当然，这块土地我还会再来的

或许我还会与熊猫一起在悉尼湾登陆

那时蓝天下的情人港需蓝海碧涛，盛开蓝花楹

"第比利斯"[①] 是用来泡的

走进一道虚掩的门，我们就是整个世界

哗哗的水声，引来阳光在窗外偷窥

人与人之间，最为珍贵的就是彼此坦诚相待

长江大河奔涌时，总会裹挟着私心杂念

只有安静的水，才能始终保持清澈

选择一股暖流，把自己包围

"第比利斯"是用来泡的，一个国王曾不惜劳民伤财

要迁都于此，过于安逸人往往容易放弃抵抗

世外桃源纯属虚构，虚掩的门之外

混沌与嘈杂，本就一刻不离地在门外值守

---

① 第比利斯，格鲁吉亚语，意为"温泉"，格鲁吉亚首都因温泉遍布而得名。

桉树

孤独大陆的名门望族，桉树的成长
也像我们小时候，每次跌倒，灰头土脸
母亲总是一边拍打我们身上的尘土，一边念叨
跌跤，跌跤，越跌越高。即便我们
一把鼻涕一包眼泪，仿佛都是捡到了大便宜

一场野火下来，桉树家族无不蓬头垢面
这场洗礼对于桉树的成长，作用不可或缺
借大自然之手，清除有害生物，维持生态平衡
"烧第一次长到两米，烧第二次长到五米。"
澳大利亚人说这话像极了母亲的语调。在蓝天看来
不经过几场野火考验的桉树，就没有资格在这里立地顶天

桉树叶苍翠欲滴，却蕴含毒素，仿佛
前人说过的话，我们像考拉一样一辈子咀嚼

考拉

毕生钟情于一种有毒的食物，从中吸取养分
满世界也就只剩下考拉了，吃喝拉撒睡
一切以桉树为中心，心甘情愿被一棵树绑架

吃着妈妈的粪便长大，一辈子大部分时间
花在沉睡上，看它们那憨憨的模样
眯着眼睛多像我们啊，分明是在浑浑噩噩地
打瞌睡，还让人以为是发自肺腑的微笑

只有摔死的树熊，没有老死的考拉
考拉践行着一句东方的谚语：在一棵树上吊死
等到老了抱不动自己，被桉树从高空抛弃时
连一声呻吟，也来不及给空寂的旷野留下

饭店赌场

饭店赌场唯一的筹码，是人性的贪婪
人类的虚伪，给它的胜算率提供了有力的保障

世上没有免费的午餐。有的是免费的诱饵
咖啡、可乐，各种酒水、甜点，甚至可口的佳肴
可自助亦可送到面前。东方有句古话说
温饱思淫欲。直率的西方人更深谙人性的弱点
进到了狩猎场，颤巍巍的手指都能扣动扳机

塔斯马尼亚自从有了人类足迹，就诞生了
监狱和赌场，一个是用以警世，一个是纵容欲望
迄今，前者只剩下了遗址，后者依旧灯火通明

特鲁·加尼尼

她的纪念碑上雕刻着这么一段文字：一位为我们的
人民而战的伟大的努埃诺妇女。

——题记

"过去是，将来也是"，努埃诺人的家园
这是以一个国家和人民的名义，作出的承诺
耸立在南北一线的制高点，俯瞰家乡
一边太平洋一边印度洋，同样报以热烈的掌声

胜利者给一位对手、一位被征服者立碑
在她出生和长大的地方，给予至高无上的尊重
直言不讳殖民者的血腥，并以实际行动救赎
前人曾经犯过的罪孽，这应该是现代文明的胜利

蓝天白云，碧水连天，树木葱郁，牛羊成群
人们夜不闭户，屋前房后动物自由进出

这无疑就是特鲁·加尼尼和族人孜孜不倦的追求

愚昧贫穷才是失败者，袋鼠、企鹅、海鸥无不以胜利者自居

惠灵顿山

人迹罕至的地方，要始终保持敬畏

不知名的树木禽兽，就随它们我行我素吧

不去试图找寻一条新路，无须惊动一片酣睡的落叶

不要有邪念，一举一动都难逃过蓝天

如若迷茫，敞开心扉世界愿意聆听虔诚的忏悔

被前人修理过的石块，风雨已给它们的伤口

敷上了一层苔藓，一只鸟儿打身旁经过

未见丝毫的恐惧，只要收起枪口

就不难换来，它们对人类的真心原谅

有谁到过山顶，其实不重要

岁月有的是办法，修复被人类篡改的本来面貌

亚瑟港监狱遗址

在光阴面前，再强硬的事物都得妥协
只是骨子里的那份峻厉，依旧不失寒气逼人

有人穷其一生，潜心只做一件事情——
亲手筑造起石墙砖壁，亲自把自己囚禁起来

人类最不应该忘却的，是鞭子、手铐、脚镣
白纸禁锢不了文字，铁窗关不住日月

当光明照进黑暗，人类最原始的反应
就是选择逃避和沉默，把枷锁化为阳光的道具

天堑成为风景，苦涩的海水显得异常清澈
从悬崖纵身跃下，过去叫跳海，现在叫戏水

塔斯马尼亚

这块大陆被世人称为"世界的尽头"。

——题记

几年前雷电点燃的那场大火，袋鼠死伤惨重
竞争者少了，现在它们的后代生活得好不惬意

树木和小草联手织成的绿色头巾，盖住塔斯马尼亚
绣上鲜花瓜果，它们极力想治愈过往的伤悲

这块土壤不适合生长焦虑，虚荣心亦发不了芽
动物们集体摒弃了矜持，选择回归野性

碧水冷眼旁观，天空蔚蓝，海鸟在与鱼群的嬉戏中
显然占据上风，鱼儿飞翔的代价是献出生命

与南极隔着一汪碧水，有些瞳孔突然显著睁大

在世界的尽头，仿佛发现了人类末日的挪亚方舟

幸好，有些路被悬崖切断，有些期许被落叶覆盖
有些心灵还葆有人类初始的认知、赤诚与善良

寒冬七月

花八小时，给七月换上
风衣、冬裤、休闲鞋和围脖
只留下睡眼惺忪的疲惫，些许意外
给陌生的寒凉，扫描和识别

街道两旁的树冷若冰霜
不拍手不点头，鲜花早已撤掉
随意、散漫、悠闲的招牌，依偎在
高楼脚下，不奢侈不张扬
长得十分低调

缓慢流动的面孔，不急不躁
像一朵朵闲云，没有太多记载
路口抱着宠物的乞丐，不悲不喜
卷毛狗像小孩，在他怀里撒娇

寒冬七月，悉尼披着一件薄薄云彩

太平洋和印度洋不说太多风凉话

骨感的雪，没有舞台

海鸥衔着一轮燃烧的夕阳

在西边天，煮沸一片海

诺贝尔故居

斯德哥尔摩金色大厅人潮涌动
200 公里外的白桦小镇异常冷清
太阳照在门口那一丛丛金黄色菊花上
像镀上一层保鲜膜，金黄，鲜活

红顶白墙两层小楼
像斯德哥尔摩一栋普通的民宅散落在草坪
装不下你富甲天下的财富
也容不下你学富五车的学识和名望

床、桌子、衣柜、沙发
生活简单得如你自己，幼年体弱多病
其后一心求学，一生未娶
尽管你也曾为爱情付出过不懈的努力
你把生命完完整整地
嫁接到科学进步的枝头上

把硕果捐给世界，把诺贝尔捐给未来

要不是马厩作证，你的遗嘱

可能成为一纸空文

只有这片白桦林走进过你博大的内心，你拒绝掌声

它们把手掌拍青，拍黄，拍红，拍疼，掉光

你欣然接纳，乐于与寥廓霜天相邻为伴

成为坚强、挺拔、伟岸、朴实的一部分，冬去春来

生生不息

旧金山

天堂与地狱，只有一墙之隔
旧金山，让活着的人不生厌倦
让死去的人想起死回生
不仅是满城飘香的咖啡，和硅谷的奇思妙想
思想的坡度跟街道一样崎岖陡峭

你的前世是活在枪口下的妓女
西班牙人，墨西哥人，英格兰人，美利坚人
那些膘肥体壮的男人，都想占有

他们不全是为金子。但长辫子的中国人
只为养家糊口，漂洋过海
吃尽白眼和歧视
那些挂在墙上的面容，略显清瘦
泛黄的艰辛，历历在目

如同那场地震引起的大火，吞没了旧金山
也没把唐人街所有的记忆统统抹掉
如同剪掉辫子的中国人，对大洋彼岸的
怀念，像旧金山引以为荣的市花
——罂粟花般艳丽多彩

金子已被掏空，淘金者仍然源源不绝

纽约联合国大厦门口"挽起枪管"雕塑

把枪管打上结，打上死结
打上让狂躁者、狂妄者和狂徒们
解不开的死结
让子弹暗无天日，找不到出路

让叙利亚安宁下来，给受尽战争折磨的
人民，喘上一口气
让非洲大草原安静下来，给惊恐万状的
犀牛、大象、花豹、公狮，卸下心尖上的紧张
让美利坚大地平静下来，给提心吊胆的
黑人和有色人，不必顾虑远处常常有飞来的横祸

让准星失效，让盯着准星的眼睛
满眼荡漾着母亲和儿女的微笑，让摁着
扳机的手，去抚摸妻子的脸庞和乳房
让爱去占领每一个空虚的心房

让太阳每天准时升起，让硝烟雾霾
找不到肆虐的空间

让父亲一样苍老的地球，偶尔也
静静地打一个瞌睡

比弗利山庄

有些人走下光怪陆离的舞台，选择了索居
接受阳光的欢呼，月亮的抚摸
有些人迷恋舞台的中央，长袖善舞
他们嘴角的唾液，流淌着一丝死亡的气息

能看到海的，只能是站在高处的那部分人
心中有波澜的人，知道澎湃之后的平静
才是生活的意义所在。世上没有千年不朽的桅杆
灯塔上闪烁的光芒，需要定期更换灯泡

那些青葱苍翠的树木，万紫千红的花朵
大部分我还叫不出它们的名字，在屋前房后
彰显着主人的身份，我分明闻到了
高档红酒的芬芳，却听不见高脚水晶杯的碰撞声

好莱坞

我们每一个人都在努力扮演着自己的角色
粗俗抑或精致，都是根据剧情需要
太阳落下月亮升起，我们都有各自的演绎

与你同床共枕的人，不一定是你的挚爱
与你推杯换盏的人，或许就是你致命的敌人
刻意漠视你的人，往往是你命中的贵人

搭建舞台的人，不论多么认真勤勉
都很难站到舞台的中央，路人甲和路人乙
要实现命运的逆袭，有漫长的苦难等待剥离

汗水和泪水，究竟哪一种更真切感人
并不取决于汗腺和泪腺的表现，氛围的烘托
才是成功者拿捏票房的法宝，光阴考验的是妆容

每时每刻，我们每一个人都是生活的主角

报酬不单靠演技，拼的也不全是实力

假如掉以轻心，我们无疑会成为时间的道具

纽约书

夜晚，黑色是纽约最好的保护色
只有阳光，才有耐心读完街角的那泡尿液

大麻与柴火，被火焰读完之后
心得相差无几，总能俘获某一种感官

时代广场按秒计费的霓虹灯，和
电影里的奇装异服，一门心思盯着别人的钱包

夹心面包不合胃口，我比夹在中间的肉块
更觉得憋屈，时差与汇率比干硬的面片还要难啃

外乡人试图从公牛的睾丸下手，破译财富密码
以一栋更高的大楼，宣示倒塌后的重新站起

令人纳闷的是，像书本一样竖直的高楼

对旁边的无名墓园，保持着秋毫无犯的尊重

在拥挤的方言中，沉默比肌肉往往更有说服力
胸前振翅欲飞的那些鸽子，不可以朗读

以东方的视觉，最想熟读的还是自由女神
手里捧着的那本未打开的书，她仿佛怕我偷窥

约翰内斯堡撬开了我的锁

约翰内斯堡撬开了我的锁，不是用钻石

我的皮箱无一值钱之物，也吸引了淘金者的目光
我踩着的街道下面有八公里深的黄金坑道
有部长、外交官和市长夫人光天化日下
有国家电视台现场直播外国元首到访，遭抢劫
过程向世界直播，有光鲜逼人的国人
枪口面前只能花钱消灾，有老城区被丢弃的
54层的庞特城，是世界最高的贫民窟
产生的垃圾山，最高纪录是堆到十五层楼那么高

干净、宽敞、绿树茂盛的大街
车流井然有序，交汇处
自觉拉链式交错行进，繁而不乱
更远处，是阳光、蓝天，没有一丝杂乱的白云

我的锁已被约翰内斯堡撬开，在冬天
以温暖和煦的阳光

鱼尾狮

不要试图去揣测，我所说出的话
是咸还是淡，你喜欢的，不一定就是
别人的所爱，海水和淡水都是生命的源泉

我想说的是，认知与肤色和服饰无关
与血液和高矮无关，假如你习惯了一叶障目
即使在你眼前铺开一片海，你会认为是一句谎言

我想说的是，自由与笼子和堤坝无关
与脚和地域无关，谁见过鸡窝里头
飞出来过凤凰，谁见过山塘里培养出来过大白鲨

我想说的是，不要把你看不见的风
贸然断定不存在，思想和境界的浅薄
可以注定一个人的命运，决定一个族群的未来

日内瓦联合国广场断腿的椅子

我见过三条腿的人，没见过
三条腿的椅子，东、南、西、北
缺少哪一个依靠，你的天地都会
倾覆

两条腿的人，被起爆器、引信、炸药
算计去一条，只好借用两支木棍
当腿使唤，否则，他的世界就会
倾倒

不择手段的战争，在人生的各条路口
布满冷酷无情的地雷，它们
不仅仅索取胜利，还索取
人伦、尊严、幸福、家庭、生命

你高高耸立在广场上，拖着残腿

两条腿的游客争相与你合影，我看见
一个三条腿的人，远远地注视
眼神里的大海，波涛翻滚
只有他，才能读懂你的心，才会给你
理解和尊重

在太阳城

曾经把青春一把押给缪斯

输得夜不能寐，太阳城

赌场我是进不去了

我的赌资已所剩无几，仅剩的时光

一天一天地输给了岁月

凡是真实的，哪怕是一块被太阳灼伤的小石子

都能让我冷飕飕的年龄

感觉温暖。你背靠大草原

却要移植 100 多万棵树，靠山造假山

雕刻数不尽的动物，这些不真实的事物

像之前我追求过的虚无

低垂的蓝天，偶尔有鹰掠过

像一丝杂念，掠过我的心空

三届世界小姐斗艳的泳池，仿佛还留有

她们的体香，也已勾不起
我心中的涟漪

这热烈的阳光是我喜欢的，这么多年
有些陈旧之物早就应该晾晒了，藏匿太久
我着实担忧，那越来越重的
生活的霉味

尼罗河

好的河可以不是世界第一长河
可以不是印第安人心中的"月亮的眼泪"
可以清澈，可以浑浊，可以急缓有度

好的河应该有生命，有自由游弋的各种鱼群
有筑坝为家的河狸，有占河为王的河马
有潜伏了几千年的尼罗鳄

好的河必须能养育生命，常常有狮子
豹子、水牛、角马、羚羊、狒狒、长颈鹿来饮水
能成为肉食动物的狩猎场

好的河的上空是蓝天白云
有白鹭、雄鹰、秃鹫、猛隼和小麻雀
或优雅，或仓皇，或无忧无虑地飞过

好的河能容得下绿树绵延千里

也容得下飞沙走石的沙漠，不见人烟

它都不慌不忙地流淌

好的河五至八月河水要定期泛滥上涨

淹没两岸，为的是把肥沃的沙土

送给水稻、小麦、棉花、椰枣等作物享用

好的河的入海口，必定是漫无边际的绿洲

生长庄稼，生长人口，生长村庄和城市

生长耻辱，生长荣耀，生长爱恨情仇

后记

打开自家屋檐下的那盏灯

这些年给时代写过许多诗。自认为都算得上好诗。

这部诗集的出版，原本不在计划之中。一套八本的诗歌丛书选题都过了，东北一个诗人因手头拮据临时退出，我只好自己顶上。前两三年陆续出版过两部长诗集，正好也想出部短诗集。

计划没有变化快。人生何尝不是如此！

有些路走着走着，前方突然坍塌出一个大坑，躲无可躲时，不如欣然跳将进去，直面坑洼沟壑。当奋力爬上来时，眼前一亮，阳光就在头顶熠熠生辉。

抖落一身尘埃，光阴仍在前方挥手示意。

从冬天走出来的人，深谙北风呼啸非一日之寒，更懂得如何珍惜春光的明媚。

条条大路通罗马，但有些岔道通向悬崖。这几年走过些弯路。好在总能逢凶化吉，遇险呈祥。人们常说："好人一生平安。"我高估一下自己，基本上算是一个善良的好人。

遵纪守法，不偷不摸，童叟无欺，能送人玫瑰，绝不吝啬。迄今，没做过什么亏心事，只要这亏还在自己的承受范围之内，吃一些也无妨。当然，即便是自扫门前雪，也难免纤尘擅自越界，殃及他人之鼻。

于是乎，依恋大自然的怀抱，使风霜雨雪洗涤生命。

高山大川，名胜古迹，五湖四海，无穷无尽，总想探个究竟。

绝非逃避而遁入幽谷，也绝非厌世而潜入雪原。只有江海才会告诉我自己的脆弱，只有旷野才会告知我自己的渺小，也只有高山才会告诉我道路的崎岖艰险。

仆仆风尘，不停地告别一些风景，又与另一些趣事生出情愫。在涟漪处荡漾，于颠簸中陶醉。乐在苦中，诗在心中，人在画中。

孤独而疲惫的心灵，难免生出些许意外。

在云南腾冲被人从水中打捞出来，在青藏高原阿里无人区汽车抛锚孤苦无助，在黑龙江漠河郊外的公路上被大货车"横冲直撞"，在青海的沟里被大雪封堵与外界失联饥寒交迫二十六个小时……虽然事后心有余悸，但终究毫发无损。幸甚至哉！

世界那么大，总想去看看。我看到了。

伦敦的落日，拉斯维加斯的狂野，圣彼得堡的寂寞，荷兰风车的骚动，好望角的波涛和灯塔，富士山难以愈合的伤口，塔斯马尼亚翡翠般晶莹剔透的蓝天……

打开了世界，也就打开了自己的格局和境界。

除南极以外的所有洲际我都去过。去南极的行程也已提上日程，像诗意，永无止境。去，不是目的，接受了大自然的洗礼才不枉一行，才无愧于那份发自肺腑的执念。

诗意无形，人生无常。近些年失去的东西很多，有些东西积攒了半辈子，也藏之惜之，但一朝睁开眼瞬间归零。

失去过，痛苦过，更得到了加倍的补偿，感恩命运赐予。只要足够虔诚，生活就将给予足够的加持。被珍惜的那种感觉，无法用语言描述。

接下来我能够做的，就是把自己所有的热情和智慧，加倍回馈给生活，给爱我和我所爱的人。

除了珍爱，往后余生我没有任何理由不去努力地热爱生活。

人生在曲折颠簸中逐渐走向成熟，诗歌在迤逦蜿蜒中摇曳出意境。

什么样的人写什么样的诗，也就是说，人如其诗。

把笑出来的眼泪结晶，把哭出来的欢悦定格，对拨不开的雾霾施以阳光，在寒气逼人的黑夜点亮一盏油灯⋯⋯这些，都是诗人应该散发出来的光芒。

我想，假如一首诗能成为一盏灯，哪怕发出极其微弱的光，给读者刹那间的温暖，那么，就不会辱没诗人这个古老而神圣的称谓。

我始终坚信，不是所有的分行文字都是诗，不是所有排列分行文字的人都是诗人。

泥沙质地一时半会儿难以改变。

那些漫天飞舞的花絮，只能短暂地取悦一下眼球，最终归宿是沦为尘埃。

化奢华为腐朽易，化腐朽为神奇难。不是所有的有心人，都能随心所欲地驯服文字这匹野马。

我无数次被这些不羁的野马掀翻在地，也常常在疼痛中感受到诗歌的温暖。

迷茫时，我能从那些独立孤寂的树、默默流淌的水、自个儿优雅的雪和蓝天下虚度的白云中，读出温馨的慰藉。

越是泥泞难行的道路，越能留下跋涉的足迹。那些深陷且凌乱的脚窝，在漫长岁月中沉淀下来，就能蜕变成照亮他人的星光。

这些诗是我近几年的心血结晶。这些诗是我近几年的心路历程。这些诗是我近几年的感悟忏悔。

打开自家屋檐下的那盏灯，给路过的人哪怕只是一丝昏暗的亮光，这应该成为诗人朴素的追求，也是诗人的价值所在。

2024 年 6 月 10 日于澳大利亚布里斯班